> # NADA DE NOVO
> NO FRONT

Erich M. Remarque

NADA DE NOVO NO FRONT

Tradução de Helen Rumjanek

L&PMCLÁSSICOS**MODERNOS**

Texto de acordo com a nova ortografia.
Título original: *Im Westen nichts Neues*

Também disponível na Coleção **L&PM** POCKET (2004)

Tradução: Helen Rumjanek
Capa: Ivan Pinheiro Machado. *Foto*: Soldados do Corpo Expedicionário Português.
Revisão: Jó Saldanha, Renato Deitos e Flávio Dotti Cesa

CIP-Brasil. Catalogação na publicação
Sindicato Nacional dos Editores de livros, RJ

R127n

Remarque, Erich M., 1898-1970
    Nada de novo no front / Erich M. Remarque; tradução Helen Rumjanek. – Porto Alegre [RS]: L&PM, 2018.
    208 p. ; 20 cm.   (Coleção L&PM Clássicos Modernos)

    Tradução de: *Im Westen nichts Neues*
    ISBN 978-85-254-3770-9

    1. Ficção alemã. I. Rumjanek, Helen. II. Título.

18-50107   CDD: 833
                  CDU: 82-3(430)

Leandra Felix da Cruz - Bibliotecária - CRB-7/6135

Este livro foi publicado originalmente em 1929.
© 1929 by The Estate of the late Paulette Remarque

Todos os direitos desta edição reservados a L&PM Editores
Rua Comendador Coruja, 314, loja 9 – Floresta – 90.220-180
Porto Alegre – RS – Brasil / Fone: 51.3225.5777

PEDIDOS & DEPTO. COMERCIAL: vendas@lpm.com.br
FALE CONOSCO: info@lpm.com.br
www.lpm.com.br

Impresso no Brasil
Inverno de 2018

Este livro não pretende ser um libelo nem uma confissão, e menos ainda uma aventura, pois a morte não é uma aventura para aqueles que se deram face a face com ela. Apenas procura mostrar o que foi uma geração de homens que, mesmo tendo escapado às granadas, foram destruídos pela guerra.

1

Estamos a nove quilômetros da linha de frente. Ontem fomos substituídos, e agora estamos com a barriga cheia de feijão branco com carne de vaca, satisfeitos e contentes. Cada um conseguiu apanhar até mesmo uma marmita para a noite, e ainda nos deram rações duplas de linguiça e pão – foi um bom negócio! Há muito que não acontece um caso destes: o cozinheiro, com sua cabeça vermelha como um tomate, oferecendo-nos comida ele próprio. A cada um que passa, acena com a colher e dá-lhe uma boa porção. Está desesperado, porque não sabe como esvaziar seu caldeirão. Tjaden e Müller arranjaram duas tigelas e encheram-nas até a beirada, como reserva. Tjaden o faz por gula; Müller, por precaução. Onde quer que vá, Tjaden é um enigma para todos: ninguém consegue saber onde armazena aquilo tudo; ele é, e continua sendo, um magricela, seco como um arenque defumado.

O mais espantoso, porém, é que as rações de fumo também foram dobradas. Para cada um, havia dez charutos, vinte cigarros e dois rolos de fumo de mascar – é muita atenção! Troquei meu fumo de mascar pelos cigarros de Katczinsky, o que significa para mim quarenta cigarros: já dá para um dia.

Diga-se, a bem da verdade, que toda esta distribuição não era para nós. Os prussianos não são dados a essas generosidades. Foi devido a um engano que recebemos tanto.

Há quinze dias, tivemos de ir para a linha de frente, para revezamento. O nosso setor estava razoavelmente calmo; por isso, o cozinheiro recebera para o dia da volta a quantidade normal de mantimentos e tinha se preparado para alimentar uma companhia de cento e cinquenta homens. Acontece que, justamente no último dia, estivemos sob fogo cerrado da artilharia inglesa, que martelara nossa posição sem cessar, de modo que tivemos muitas baixas e voltamos com apenas oitenta homens.

Era noite quando chegamos, e logo nos deitamos para dormir. Porque Katczinsky está com a razão: a guerra não seria tão insuportável se a gente pudesse dormir mais. Isto nunca se consegue na linha de frente, e quinze dias representam muitas horas de pouco sono.

Já era meio-dia quando os primeiros começaram a se arrastar para fora das barracas. Meia hora depois, cada um pegara a sua marmita e fora se reunir aos outros, diante do caldeirão de *gulasch*, que cheirava a gordura. Na ponta, é claro, os mais esfomeados: o pequeno Albert Kropp, o mais inteligente de nós, que, por isso, já é cabo; Müller, que ainda carrega livros escolares e sonha com o exame de segunda época; debaixo de fogo cerrado, estuda teoremas de física; Leer, que deixou crescer a barba e tem predileção pelas garotas dos bordéis reservados para os oficiais; ele jura que, por ordem do exército, elas são obrigadas a usar combinação de seda e tomar banho antes, quando se trata de clientes acima do posto de capitão; e, em quarto lugar, eu, Paul Bäumer. Todos os quatro com dezenove anos, todos os quatro saídos da mesma turma para a guerra.

Logo atrás vêm nossos amigos: Tjaden, um ferreiro magro, de nossa idade, o maior comilão da companhia. Magro como um espeto, senta-se para comer e levanta-se gordo como uma rã inchada. Haie Westhus, também da nossa idade, turfeiro, que facilmente esconde uma grande broa numa das mãos e ainda pergunta: "Adivinhe o que tenho nesta mão?". Detering, um camponês, que não pensa em outra coisa senão em sua fazenda e em sua mulher; e, finalmente, Stanislas Katczinsky, o líder do nosso grupo: enérgico, esperto, quarenta anos, com uma cor terrosa, olhos azuis, ombros caídos e um faro extraordinário para descobrir perigo, boa comida e lugares seguros. Nosso grupo formava a cabeça da fila em frente ao caldeirão de *gulasch*. Ficamos impacientes, porque o cozinheiro continuava imóvel, esperando ingenuamente que viessem mais companheiros. Finalmente, Katczinsky gritou:

— Abra logo este negócio, Henrique. Não vê que o feijão já está cozido?

Sonolento, o cozinheiro sacudiu a cabeça:

— Só quando estiverem todos aí.

Tjaden sorriu:

— Já estamos todos aqui.

O cabo ainda não percebera nada.

— Sei que é disto que gostariam. Onde estão os outros?

— Hoje não é você quem vai tratar deles. Pode deixar tudo por conta do hospital e do coveiro.

O cozinheiro ficou aturdido quando compreendeu o que ocorrera e chegou a perder o equilíbrio por um instante.

— E eu que cozinhei para cento e cinquenta homens!...

Kropp deu-lhe uma cotovelada.

— Então, até que enfim vamos nos satisfazer. Vamos, ande logo!

Mas, de repente, a luz da compreensão acendeu-se em Tjaden. Seu rosto afilado de camundongo começou a iluminar-se, os olhos estreitaram-se maliciosamente, as bochechas tremeram e ele aproximou-se o mais que pôde:

— Mas nesse caso... também recebeu pão para cento e cinquenta homens, não é?

O cabo, confuso e ainda tonto, concordou com a cabeça. Tjaden segurou-o pela túnica:

— E linguiça também?

O Cabeça de Tomate assentiu novamente.

O queixo de Tjaden tremia:

— Fumo... Também?

— Sim, tudo.

Extasiado, Tjaden olhou em redor:

— Puxa! Isto é que se chama sorte! Quer dizer que é tudo para nós! Cada um recebe, então... espere... de fato, são exatamente porções dobradas!

Mas o Cabeça de Tomate voltou a si e declarou:

— Não pode ser.

Então, nós também despertamos e aproximamo-nos:

– E por que não pode ser, seu cara de cenoura? – perguntou Katczinsky.

– O que era para cento e cinquenta homens não pode ser para oitenta.

– Nós vamos ensinar-lhe – resmungou Müller.

– A comida não me importa, mas só posso dar porções para oitenta homens – insistiu o Cabeça de Tomate.

Katczinsky começou a irritar-se.

– Você está precisando ser substituído, sabe? Não recebeu comida para oitenta homens: recebeu a boia para a Segunda Companhia, e pronto. E essa boia você vai distribuir. A Segunda Companhia somos nós.

Aproximamo-nos ainda mais. Ninguém gostava mesmo dele; várias vezes, já fora o culpado de termos recebido a comida nas trincheiras muito depois da hora e já fria, porque ele não tinha coragem de se aproximar sob o mais leve bombardeio, e, por isso, o nosso estafeta era obrigado a atravessar um caminho bem mais longo do que o das outras companhias. O Bulcke, por exemplo, da Primeira, era um sujeito mais camarada. É bem verdade que era gordo como um urso no inverno, mas, quando necessário, arrastava seus panelões até a linha mais avançada.

Estávamos bem exaltados, e, com certeza, teria havido briga, se o comandante da nossa Companhia não tivesse aparecido. Perguntou o motivo da discussão e, para começar, disse apenas:

– É, ontem tivemos muitas baixas...

Depois, olhou para dentro do caldeirão:

– O feijão parece muito bom – disse.

O Cabeça de Tomate concordou:

– Foi feito com banha e carne.

O tenente nos olhou. Sabia o que estávamos pensando. Além disso, sabia ainda muito mais, pois fora entre nós que crescera, e fora como cabo que entrara na Companhia. Levantou novamente a tampa do caldeirão, cheirou e, afastando-se, disse:

– Traga um prato cheio para mim também. E as porções devem ser todas distribuídas. Bem que estamos precisando.

O Cabeça de Tomate ficou com cara de bobo, enquanto Tjaden dançava à sua volta.

– Não vai lhe fazer mal nenhum. Ele se comporta como se o Serviço de Alimentação fosse unicamente seu. E agora vamos começar, seu velho sovina, e veja se não erra a conta...

– Vá à merda! – gritou o Cabeça de Tomate. Explodia de raiva, pois sua compreensão não alcançava os fatos. Não entendia mais o mundo. E, como se quisesse mostrar que nada mais importava, distribuiu, espontaneamente, mais duzentas e cinquenta gramas de mel artificial para cada um.

Hoje é realmente um grande dia. Até o Correio chegou: quase todos receberam algumas cartas e revistas. Agora, estamos passeando em direção ao campo que fica atrás das barracas. Kropp leva debaixo do braço a tampa de um barril de margarina. Do lado direito do gramado, construíram grandes latrinas, com telhado e tudo, uma construção sólida. Mas isto é para os recrutas, que ainda não aprenderam a tirar vantagem de qualquer coisa. Nós procuramos coisa melhor. Por todos os lados, existem pequenas caixas individuais para o mesmo fim. Elas são quadradas, limpas, de madeira, hermeticamente fechadas, com assentos irrepreensíveis e confortáveis. Têm alças dos lados, a fim de serem transportadas.

Juntamos três delas numa roda e instalamo-nos comodamente. Não nos levantaremos daqui antes de pelo menos duas horas.

Ainda me lembro de como ficávamos envergonhados no princípio, quando éramos recrutas do quartel, obrigados a usar a latrina comum. Lá não há portas, e vinte homens sentam-se uns ao lado dos outros, como num trem. Assim, basta um olhar apenas para controlá-los: o soldado deve ficar permanentemente sob vigilância.

Desde então, aprendemos a dominar mais do que este pequeno sentimento de pudor. Com o passar do tempo, acostumamo-nos a muitas coisas...

Aqui, ao ar livre, no entanto, a coisa é um verdadeiro prazer. Não sei mais por que antigamente nos envergonhávamos tanto de funções que, afinal, são tão naturais quanto comer e beber. Talvez agora não fosse preciso mencioná-las, se não desempenhassem um papel tão importante para nós, se não fossem uma novidade, pois para os veteranos já eram naturais há muito tempo – fatos sem nenhuma importância.

Para o soldado, o seu estômago e a sua digestão são um setor muito mais familiar do que para qualquer outro cidadão. Setenta e cinco por cento do seu vocabulário vem daí, e tanto o sentimento de maior alegria como o da mais profunda indignação têm neles as mais vigorosas expressões. Não é possível empregar outras palavras tão sucintas e tão claras. Nossas famílias e nossos professores ficarão admirados quando voltarmos para casa, mas aqui fora é sempre uma língua universal.

Para nós, todos esses acontecimentos retomaram a velha inocência pela sua obrigatoriedade. Mais ainda: tornaram-se tão naturais, que sua confortável execução é tão valiosa para nós quanto, digamos, um abrigo bem feito para quatro, à prova de bombas. Não é à toa que a expressão "conversa de privada" foi inventada para descrever mexericos de todo tipo; estes lugares são o ponto de encontro dos boateiros e, na tropa, substituem a mesa de bar.

No momento, sentimo-nos melhor do que em qualquer reservado de luxo, todo ladrilhado de branco. Lá, tudo pode ser muito higiênico, mas aqui é agradável.

São horas maravilhosas de devaneio. Acima de nós, o céu azul. No horizonte, suspensos, balões cativos amarelos, iluminados pelo sol, e as pequenas nuvens brancas dos antiaéreos. Às vezes, sobem como um feixe, quando perseguem um avião.

Escutamos apenas como uma trovoada longínqua o ribombar surdo da linha de frente. Zangões que passam zumbindo já o abafam.

E, ao nosso redor, a relva florida. A grama delicada balança, as pequenas plumas dos dentes-de-leão vacilam ao vento suave e quente do fim de verão. Lemos cartas e revistas, fumamos os cigarros e os colocamos ao nosso lado; o vento brinca com nosso cabelo, ele brinca com nossas palavras, com nossos pensamentos.

As três caixas estão no meio das papoulas brilhantes e vermelhas. Colocamos a tampa da barrica de margarina sobre os joelhos. Assim, temos uma boa base para jogar cartas. O baralho está com Kropp. Vez por outra, uma partida de bisca. Poderíamos ficar eternamente sentados aqui.

Das barracas, o som de uma gaita chega até nós. De vez em quando, deixamos as cartas de lado e entreolhamo-nos. Um ou outro diz, então: "Rapazes, rapazes" ou "Poderia ter saído tudo errado" – e mergulhamos em silêncio por um momento. Dentro de nós, há uma sensação forte, malcontida; compreendemos e sentimos, não precisamos de muitas palavras. Teria bastado muito pouco para que hoje não estivéssemos aqui reunidos – nada mais fácil, por sinal. E é por este motivo que tudo parece novo e forte: as papoulas vermelhas, a boa comida; os cigarros e a brisa de verão.

Kropp indaga:

– Algum de vocês viu o Kemmerich outra vez?

– Está no Hospital São José – respondo.

Müller informa que Kemmerich tem uma ferida na coxa, um bom passaporte para casa.

Resolvemos visitá-lo à tarde.

Kropp tira uma carta do bolso:

– Lembrança do Kantorek para vocês – disse.

Rimos todos. Müller joga fora o cigarro e diz:

– Esse, eu gostaria que estivesse aqui.

Kantorek foi nosso professor na escola, um homem pequeno, severo, de paletó cinza de abas, com um rosto afilado de camundongo. Tinha, aproximadamente, a mesma estatura que o cabo Himmelstoss, o Terror de Klosterberg. Aliás, é engraçado como o infortúnio do mundo provém tão frequentemente de homens baixos: são muito mais enérgicos, de gênio muito pior do que os indivíduos altos. Tentei sempre evitar pertencer a companhias lideradas por comandantes pequenos: em geral são uns carrascos.

Kantorek nos leu tantos discursos nas aulas de ginástica que a nossa turma inteira se dirigiu, sob o seu comando, ao destacamento do bairro e alistou-se. Vejo-o ainda à minha frente e lembro-me de como o seu olhar cintilava através dos óculos, quando, com a voz embargada, perguntava:

– Vocês vão todos, não é, companheiros?

Esses educadores têm sempre os seus sentimentos prontos, na ponta da língua, e os ficam espalhando a todo instante, sob a forma de lições. Mas, naquela época, ainda não nos preocupávamos com isto.

É verdade que um de nós vacilou e não quis acompanhar os demais. Foi Josef Behm, um rapaz gordo e calmo. Finalmente, deixou-se convencer, pois do contrário as coisas teriam ficado impossíveis para ele. Talvez houvesse outros que pensavam como ele, mas não ousaram proceder de outra forma, pois, naquela época, até os nossos próprios pais usavam facilmente a palavra "covarde". As pessoas não tinham nenhuma ideia do que estava para vir. Os mais sensatos eram realmente os pobres, os simples: viram logo que a guerra era uma desgraça, enquanto as classes mais altas não se continham de alegria, embora fossem elas justamente que deveriam ter previsto mais depressa as suas consequências.

Katczinsky insiste que isto é próprio da educação – o excesso de estudo torna os homens burros. E, se Kat o afirma, é porque pensou muito antes de fazê-lo.

Estranhamente, Behm foi um dos primeiros a morrer. Durante um dos ataques foi atingido nos olhos por uma bala. Imaginando-o morto, nós o abandonamos no campo. Não pudemos trazê-lo de volta, tão precipitada foi nossa retirada. À tarde, repentinamente, nós o ouvimos chamar e vimos que tentava arrastar-se até as nossas trincheiras. Perdera, apenas, os sentidos. Por não conseguir ver e por estar louco de dor, não procurava cobertura, e por isso foi baleado antes que um dos nossos pudesse ir buscá-lo.

É claro que não se pode responsabilizar Kantorek por tudo isto; que seria do mundo se a isto se chamasse culpa? Houve milhares de Kantoreks, todos convencidos de que procediam da melhor forma e de maneira cômoda para eles.

Mas, aos nossos olhos, foi justamente por isso que sua missão fracassou.

Os professores deveriam ter sido para nós os intermediários, os guias para o mundo da maturidade, para o mundo do trabalho, do dever, da cultura e do progresso e para o futuro. Às vezes, zombávamos deles e lhes pregávamos peças, mas, no fundo, acreditávamos neles. À ideia de autoridade da qual eram os portadores, juntou-se em nossos pensamentos uma melhor compreensão e uma sabedoria mais humana. Mas o primeiro morto que vimos destruiu esta convicção. Tivemos que reconhecer que a nossa geração era mais honesta do que a deles; só nos venciam no palavrório e na habilidade. O primeiro bombardeio nos mostrou nosso erro, e debaixo dele ruiu toda a concepção do mundo que nos tinham ensinado.

Enquanto eles continuavam a escrever e a falar, víamos os hospitais e os moribundos; enquanto proclamavam que servir o Estado era o mais importante, já sabíamos que o pavor de morrer é mais forte. Nem por isto nos amotinamos, nem nos tornamos desertores, nem mesmo covardes – todas estas expressões vinham-lhes com muita facilidade. Amávamos nossa pátria tanto quanto eles e avançávamos corajosamente em cada ataque; mas, agora, já sabíamos distinguir, aprendemos repentinamente a ver; e, do mundo que haviam arquitetado, víamos que nada sobrevivera. De súbito, ficamos terrivelmente sós – e, sós, tínhamos de nos livrar de toda esta embrulhada.

Antes de irmos visitar Kemmerich, embrulhamos os seus pertences; na viagem, poderão lhe ser muito úteis.

No hospital de campanha, há grande movimento; como sempre, cheira a fenol, a pus e suor. Estamos acostumados a muita coisa no acampamento, mas aqui, apesar disto, qualquer um pode fraquejar. Perguntamos por Kemmerich várias vezes, até achá-lo; está numa enfermaria e recebe-nos com uma tênue expressão de alegria e agitação impotente. Enquanto estava desacordado, roubaram-lhe o relógio.

Müller sacode a cabeça:

– Eu sempre lhe disse que nunca se deve andar com um relógio tão valioso!

Müller é um pouco desajeitado e inconsequente. Do contrário teria calado a boca, porque qualquer um vê que Kemmerich nunca mais sairá desta enfermaria. Tanto faz ele encontrar ou não o seu relógio; quando muito, poderiam mandá-lo para a família.

– Então, como vai, Franz? – pergunta Kropp.

Kemmerich baixa a cabeça:

– Vou indo... mas sinto dores horríveis no pé.

Olhamos para o cobertor. Sua perna está estendida numa cesta de arame; o cobertor arqueia-se, grosso, por cima. Dou um leve pontapé na canela de Müller, pois ele é bem capaz de contar a Kemmerich o que os enfermeiros já nos disseram lá fora: Kemmerich não tem mais aquele pé; a perna foi amputada.

Sua aparência é pavorosa; a pele está amarela e lívida; no rosto já se desenham aquelas linhas singulares que tão bem conhecemos, porque já as vimos centenas de vezes. Para dizer a verdade, não são linhas, são sinais. Sob a pele, a vida não palpita mais, foi sendo expulsa do corpo; a morte avança de dentro para fora e já domina os olhos. Lá está nosso companheiro Kemmerich, que até há pouco ainda assava carne de cavalo e se agachava junto conosco nos buracos abertos pelas granadas; ainda é ele, porém já não é mais ele; suas feições ficaram imprecisas, indistintas, como duas fotografias sobrepostas na mesma chapa. Até sua voz soa como se viesse do túmulo.

Penso como era, naquele tempo quando partimos para longe de casa.

Sua mãe, uma mulher boa e gorda, acompanhou-o até a estação. Chorava sem parar, seu rosto estava inchado de choro. Kemmerich ficou envergonhado, porque ela era a menos controlada de todas – quase se desmanchava em gordura e água. De mais a mais, era a mim que tinha em mira – a todo instante agarrava-me pelo braço, implorando-me que tomasse conta de Franz lá nas trincheiras. Na verdade, ele tinha um rosto de criança e os ossos tão moles, que depois de carregar a mochila, durante apenas quatro semanas, já estava com os pés chatos. Mas como é possível tomar conta de alguém no campo de batalha?

– Agora, você vai voltar para casa – diz Kropp. – Se fosse uma licença, teria de esperar pelo menos três ou quatro meses.

Kemmerich acena com a cabeça. Não posso nem olhar para suas mãos, parecem de cera. Embaixo das unhas, vê-se a sujeira das trincheiras: é de um preto azulado, como veneno. Uma estranha imagem me vem à mente: imagino que as unhas continuarão a crescer, muito tempo ainda, excrescências subterrâneas fantásticas, quando Kemmerich de há muito já não respirar mais. Vejo-as a minha frente: elas se retorcem em forma de saca-rolhas e crescem, crescem, e com elas, o cabelo do crânio em decomposição; como grama em solo fértil, exatamente como grama – mas como é possível isto?

Müller se inclina:
– Trouxemos as suas coisas, Franz – diz.

Kemmerich aponta com a mão:
– Ponha embaixo da cama – responde debilmente.

Müller obedece. Kemmerich começa novamente a falar do relógio. Como podemos tranquilizá-lo, sem fazer com que desconfie?

Müller levanta-se com um par de botas de aviador na mão. São calçados ingleses, magníficos, de couro macio e amarelo, que vão até os joelhos e são atados em cima: um objeto muito cobiçado.

Müller as olha, cheio de admiração. Mede a sola com a sola grossa do próprio sapato, e pergunta:
– Quer levar as botas, Franz?

Nós três temos um único pensamento: mesmo ficando bom, só poderia usar uma bota; para ele, não teriam valor. Mas, do jeito que as coisas estão agora, seria um desperdício deixá-las aqui, porque os enfermeiros certamente irão apanhá-las, logo que ele morrer.

Müller continua:
– Não quer deixá-las aqui?

Kemmerich não quer. É o que possui de melhor.

– Podemos também trocá-las – propõe Müller. – Aqui na linha de frente precisa-se justamente disto.

Mas Kemmerich não se deixa levar.

Piso no pé de Müller; relutantemente, ele recoloca as esplêndidas botas embaixo da cama.

Conversamos mais alguns minutos e despedimo-nos.

– Estimo as suas melhoras, Franz. Prometo voltar amanhã.

Müller diz a mesma coisa; ele pensa nas botas e quer estar vigilante.

Kemmerich geme. Tem febre. Procuramos o enfermeiro e pedimos que lhe dê uma injeção.

Ele se recusa.

– Se quiséssemos dar morfina a todos, teríamos que ter barris de morfina.

– Certamente, você só trata de oficiais – diz Kropp, com ódio na voz.

Meto-me rapidamente entre eles e, para principiar, dou um cigarro ao enfermeiro. Depois que ele aceita, pergunto:

– Você tem autoridade para dar injeções?

Fica ofendido:

– Se não acreditam, por que vêm me perguntar? – retruca.

Meto mais uns cigarros na sua mão:

– Faça-nos este favor...

– Então, está bem – diz ele.

Kropp segue-o, não confia no homem, e quer ver o que faz. Esperamos lá fora.

Müller torna a falar nas botas:

– Ficariam ótimas em mim. Estas canoas velhas só me dão bolhas e mais bolhas. Você acha que ele dura até amanhã depois do serviço? Se morrer durante a noite, não veremos mais as botas...

Albert volta.

– Que acham? – indaga.

– Liquidado – diz Müller, categoricamente.

Voltamos para o acampamento. Penso na carta que terei de escrever amanhã para a mãe de Kemmerich. Sinto frio. Gostaria de tomar um trago. Müller arranca grama e mastiga-a. De repente, o pequeno Kropp joga fora o seu cigarro, pisa-o como um selvagem; olha ao redor, com o rosto desfeito e transtornado, e balbucia:

– Maldita merda, esta merda maldita!

Caminhamos durante muito tempo. Kropp se acalmou. Conhecemos esses acessos, é a loucura da linha de frente; todos passam por isso uma vez ou outra.

Müller pergunta:

– O que é que o Kantorek lhe escreveu?

Ele ri:

– Mandou dizer que somos a juventude de ferro.

Rimos os três, irritados. Kropp rompe em xingamentos; já está feliz e consegue falar à vontade.

É assim que eles pensam; pensam assim os cem mil Kantoreks! "Juventude de ferro." Juventude? Não temos mais de vinte anos. Mas quanto a sermos jovens? Quanto à mocidade? Isto já acabou há muito tempo. Somos uns velhos.

2

Para mim, é estranho pensar que, em casa, numa gaveta da escrivaninha, há um começo de drama – Saul – e um monte de poemas. Quantas noites passei trabalhando neles; quase todos nós fazíamos algo semelhante; mas tudo ficou tão irreal para mim, que não consigo representar nitidamente os fatos na memória.

Desde que estamos aqui, nossa vida antiga nos foi cortada, sem que tenhamos contribuído para isto. Muitas vezes, procuramos um motivo, uma explicação, mas não conseguimos achá-los. Justamente para nós, que temos vinte anos, as coisas são particularmente confusas, para Leer, Kropp, Müller e para mim, para os que Kantorek chama "juventude de ferro". Os soldados mais velhos possuem laços firmes com o passado; têm mulheres, filhos, profissões e interesses já bastante fortes para que nem a guerra possa destruí-los. Nós, os de vinte anos, no entanto, temos somente nossos pais; alguns, uma garota. Não é muito – porque na nossa idade a influência dos pais é mais fraca, e as mulheres ainda não nos dominam. Além disso, que mais havia para nós? Algumas paixões, um pouco de fantasia e a escola; nossas vidas não iam mais longe. E, disso tudo, nada sobrou.

Kantorek diria que nós nos encontrávamos exatamente no limiar da existência. E, com efeito, é assim. Ainda não estávamos enraizados na vida. A guerra foi um dilúvio que nos arrastou. Para os outros, para os mais velhos, ela foi apenas um intervalo: conseguem pensar no tempo que virá depois. Mas nós fomos apanhados por ela e não sabemos o fim de tudo isto. Apenas sabemos, por hora, que nos embrutecemos, de uma maneira estranha e dolorosa, mesmo que muitas vezes nem sequer fiquemos tristes.

Se Müller tanto deseja as botas de Kemmerich, nem por isso é menos atencioso do que alguém que nem ousasse pensar nisto. Sabe somente diferenciar. Se as botas fossem de alguma utilidade para Kemmerich, Müller preferiria andar descalço sobre arame farpado a planejar uma forma de ficar com elas.

Mas as botas nada têm a ver com o estado de Kemmerich, enquanto Müller pode aproveitá-las muito bem. Kemmerich vai morrer, não importa quem irá herdá-las. Por que não Müller? Certamente, ele tem mais direito do que qualquer enfermeiro! Quando Kemmerich estiver morto, será tarde demais. Por isto é que Müller já está atento.

Perdemos a noção de outros conceitos, porque são artificiais. Só os fatos verdadeiros contam e são importantes para nós. E, além disso, as boas botas são raras!

No princípio, isto também era diferente. Quando fomos ao comando regional, não passávamos de uma turma de vinte jovens, alguns dos quais tinham se deixado orgulhosamente barbear pela primeira vez antes de pisar o pátio do quartel. Não dispúnhamos de planos definidos para o futuro, e apenas uma minoria possuía ideias precisas sobre uma carreira ou uma profissão para orientar sua existência; em compensação, estávamos cheios de ideias vagas, que emprestavam à vida, e também à guerra, um caráter idealista e quase romântico.

Recebemos dez semanas de instrução militar; nesse período sofremos uma transformação mais radical do que em dez anos de escola. Aprendemos que um botão bem polido é mais importante do que quatro livros de Schopenhauer. No princípio, surpreendidos, depois amargurados e, finalmente, indiferentes, reconhecemos que o espírito não era o essencial, mas sim a escova de limpeza; não o pensamento, mas o "sistema"; não a liberdade, mas o exercício. Foi com entusiasmo e boa vontade que nos tornamos soldados; mas fizeram tudo para que perdêssemos a ambos. Depois de três semanas, não era de todo incompreensível que um canteiro, cheio de galões, tivesse mais autoridade sobre nós do que antigamente nossos pais, nossos professores e todos os gênios da cultura, de Platão a Goethe.

Com nossos olhos jovens e alertas, vimos que o conceito clássico de pátria dos nossos mestres desenvolvera-se, até então, com uma renúncia completa da personalidade, de uma forma que nunca ninguém ousaria exigir do mais humilde servente. Bater continência, ficar em posição de sentido, desfilar, apresentar armas, direita volver, esquerda volver, bater calcanhares, receber insultos e expor-se a mil complicações: julgávamos o nosso dever uma coisa muito diferente e vimos que nos preparavam para o heroísmo como se ensinam cavalos de circo. Mas nós nos habituamos rapidamente. Chegamos até a compreender que uma parte de tudo isso era necessária; uma outra, no entanto, era igualmente supérflua. O soldado tem um faro muito apurado para essas distinções.

Aos grupos de três e de quatro, nossa turma espalhou-se pela tropa com os postos de cabo, junto com os pescadores da Frigia, camponeses, operários e artesãos, da maioria dos quais logo ficamos amigos. Kropp, Müller, Kemmerich e eu entramos no nono destacamento, que tinha como comandante Himmelstoss.

Era conhecido como o pior carrasco do quartel e orgulhava-se disto. Um sujeito pequeno, baixote, que já servia havia doze anos, com um bigode de raposa voltado para cima; na vida civil, era carteiro. Visava especialmente a Kropp, Tjaden, Westhus e a mim, porque sentia nosso mudo desafio.

Já fui obrigado a fazer uma cama catorze vezes numa só manhã. Ele sempre achava qualquer defeito e desfazia tudo novamente. Num trabalho que durou vinte horas – é claro que com intervalos –, engraxei um velho par de botas duras como ferro, conseguindo fazer com que ficassem macias como manteiga, e nem Himmelstoss encontrou nenhum motivo de queixa; obedecendo a uma ordem sua, já esfreguei, com uma escova de dentes, a sala de recreação do quartel até que ficasse limpa; Kropp e eu, também por ordem dele, começamos a varrer a neve do pátio com uma escova de roupa e uma pá, e teríamos continuado até morrermos congelados, se um tenente não nos tivesse visto, por acaso, e nos tivesse mandado parar, não sem antes repreender energicamente Himmelstoss. O resultado, infelizmente, foi que Himmelstoss ficou com mais raiva ainda de nós. Durante quatro semanas, fiquei de sentinela todos os domingos e, durante um mesmo espaço de tempo, fiz serviço de faxina; tinha de ficar com equipamento completo, inclusive o fuzil, praticando "levantar, marchar, marchar" e "deitar" num campo recém-arado, escorregadio e úmido, até virar um monte de lama e cair de cansaço. Quatro horas depois, apresentei a Himmelstoss meu equipamento irrepreensivelmente limpo, embora, na verdade, com as mãos raladas até sangrar. Kropp, Westhus, Tjaden e eu ficamos quinze minutos em posição de sentido, sem luvas, num frio insuportável, os dedos nus no cano gelado do fuzil, com Himmelstoss à espreita, rondando, esperando o menor movimento em falso para nos apanhar. Já fui obrigado a descer correndo oito vezes seguidas, às duas horas da madrugada, e de camiseta, do andar mais alto do quartel até o pátio, só porque alguns centímetros de minha roupa ultrapassavam a borda do banco, onde cada um tinha que arrumar os seus pertences. Ao meu lado, corria o cabo de serviço, Himmelstoss, pisando-me os dedos dos pés. Tive de lutar, sempre com Himmelstoss, no exercício de baioneta; eu com um pesado ferro, e ele com uma leve arma de madeira, de forma que podia confortavelmente machucar-me os braços até ficarem roxos; por sinal, confesso que uma vez durante um destes treinos fiquei tão descontrolado, que me atirei cegamente em cima dele, dando-lhe tal soco na barriga que caiu no chão. Quando foi se queixar de mim, o comandante riu-se dele e disse que, da próxima vez, prestasse mais atenção; conhecia bem o Himmelstoss e parecia regozijar-se com seu fracasso. Desenvolvi-me como exímio escalador de barreiras e, pouco a pouco, também não tinha rival nas flexões. Tremíamos só de ouvir sua voz, mas esse cavalo desenfreado jamais conseguiu nos dominar.

Num domingo Kropp e eu estávamos carregando o balde da latrina através do pátio, enfiado numa vara, quando Himmelstoss, resplandecentemente enfeitado, pronto para sair, passou por acaso e plantou-se à nossa frente, perguntando se este trabalho nos agradava. Simulando um tropeção, despejamos o balde em cima de suas pernas. Ele esbravejava, mas não conseguia mais nos atingir.

– Isto vai lhes custar uma cadeia! – berrava.

Kropp, que já estava farto, respondeu:

– Mas primeiro haverá uma investigação, e aí vamos "abrir o jogo" – disse ele.

– Veja como fala a um cabo! – urrou Himmelstoss. – Ficou maluco? Cale-se até que as perguntas lhe sejam feitas! Que vai fazer?

– Contar tudo sobre o senhor, cabo – disse Kropp, e ficou em posição de sentido.

Himmelstoss deu-se conta, afinal, do que estava acontecendo e, sem mais uma palavra, sumiu. Mas, antes de desaparecer, ainda vociferou:

– Vocês me pagam!

Mas acabou-se a sua tirania. Tentou mais uma vez os tais exercícios nos campos recém-arados: "deitar, levantar, marchar". Obedecíamos a todos os comandos; uma ordem, afinal, é uma ordem, mas nós as executávamos tão lentamente, que Himmelstoss chegou ao desespero. Com grande vagar, arrastávamos um joelho; depois, os braços, e assim por diante. Nesse ínterim, Himmelstoss, furioso, já tinha dado nova voz de comando – antes de começarmos a suar, ele já estava rouco.

Depois disto, deixou-nos em paz. É bem verdade que ainda nos chamava de cachorros, mas sentia-se um certo respeito com relação a nós.

Havia muitos cabos mais razoáveis e corretos, que agiam mais sensatamente; constituíam, na verdade, a maioria. Mas, acima de tudo, cada um queria manter o bom posto na retaguarda, durante tanto tempo quanto possível, e isto só se conseguia sendo rigoroso com os recrutas. E, assim, tivemos de suportar punições tão severas, que, muitas vezes, chorávamos de raiva. Alguns ficavam até doentes, e o próprio Wolf morreu de pneumonia. Mas ficaríamos ridículos se nos tivéssemos dobrado.

Tornamo-nos duros, desconfiados, impiedosos, vingativos e brutais – e isto foi bom, porque eram precisamente estas qualidades que nos faltavam. Se nos tivessem mandado para as trincheiras sem este período de formação, a maioria, sem dúvida, teria enlouquecido. Mas, assim, estávamos preparados para o que nos esperava.

Não entregamos os pontos; pelo contrário, nós nos adaptávamos da melhor forma possível às situações; nossos vinte anos, que nos dificultavam tantas coisas, nos ajudaram nisto. O mais importante, porém, foi que despertou em nós uma solidariedade firme e prática, que na linha de frente se transformou na melhor coisa que a guerra produziu: a camaradagem.

Estou sentado junto ao leito de Kemmerich, cada vez mais abatido. À nossa volta, um barulho insuportável. Chegou um trem-hospital, e todos os feridos capazes de prosseguir viagem estão sendo selecionados.

Um médico passa pela cama de Kemmerich e nem olha ao menos para ele.

– Fica para a próxima vez, Franz – digo.

Levanta-se nos travesseiros, apoiando-se nos cotovelos, e declara:

– Amputaram minha perna.

Então ele já sabe. Faço que sim com a cabeça e respondo:

– Deve dar graças a Deus por ter escapado só com isto!

Ele se cala.

Digo, ainda:

– Poderiam ter sido as duas pernas, Franz. Wegeler perdeu o braço direito, o que é muito pior. Afinal você vai para casa.

Ele olha para mim.

– Você acha que vou?

– É claro.

Ele repete:

– Você acha?

– Claro, Franz. Mas, primeiro, precisa se recuperar da operação.

Faz sinal para eu me aproximar. Inclino-me sobre ele, que murmura:

– Não acredito.

– Não diga bobagens, Franz; daqui a alguns dias, você mesmo irá reconhecer. Que importa uma perna amputada? Aqui se conserta tanta coisa mais grave!

Ele levanta uma das mãos.

– Olhe só para estes dedos.

– Isto é da operação. Encha-se de comida; assim, vai se recuperar logo. O tratamento é bom?

Mostra uma tigela ainda pela metade. Ficou agitado.

– Franz, você tem de comer. Comer é a coisa mais importante. Isto aqui é bem gostoso.

Ele recusa. Depois de um breve intervalo, diz com voz arrastada:

– E eu queria ser guarda-florestal.

– Mas você ainda pode ser – eu o consolo. – Agora existem próteses excelentes, nem se lembrará de que lhe falta algo. Elas se ajustam perfeitamente. Nas próteses de mão, consegue-se mexer com os dedos, trabalhar e até escrever. Além disso, estão sempre inventando coisas novas.

Fica muito tempo em silêncio. Então diz:

– Pode levar minhas botas para Müller.

Concordo e fico pensando no que posso dizer para animá-lo. Seus lábios estão desaparecendo, a boca ficou maior; os dentes aparecem salientes como se fossem de giz. A carne murcha, a testa arqueia-se mais, as maças do rosto estão protuberantes. O esqueleto tenta aparecer através da pele. Os olhos já estão encovados. Dentro de algumas horas, estará tudo acabado.

Não é o primeiro que vejo nesse estado, mas crescemos um ao lado do outro, o que torna tudo diferente. Eu copiava as suas redações. Geralmente vestia na escola um terno marrom cintado, com as mangas já lustrosas de uso. Era também o único de nós que sabia fazer "roda-gigante" na barra. Os cabelos voavam-lhe então, no rosto, como fios de seda. Kantorek orgulhava-se dele. Sua pele era muito branca; tinha algo de menina.

Olho para as minhas botas. São grandes e grosseiras, a calça está enfiada nelas; quando a gente fica de pé, parece gordo e forte dentro destes canos largos. Mas, quando tomamos banho e nos despimos, de repente, temos outra vez pernas e ombros finos. Então, não somos mais soldados, mas quase meninos; não se acreditaria que aguentamos carregar mochilas. É um momento estranho quando estamos nus; então somos civis como os outros e quase nos sentimos assim.

Franz Kemmerich parecia pequeno e magro como uma criança no banho. Agora, está estendido lá na cama; por que, afinal? Devia-se fazer o mundo inteiro desfilar por esta cama e dizer:

– Este é Franz Kemmerich; tem dezenove anos e meio: ele não quer morrer. Não deixem que ele morra!

Meus pensamentos se confundem. Este ar de fenol e gangrena enche os pulmões de muco, é uma espécie de papa grossa, que nos sufoca.

Está escurecendo. O rosto de Kemmerich empalidece, destaca-se dos travesseiros; está tão pálido que parece brilhar. A boca mexe-se ligeiramente. Aproximo-me. Ele sussurra:

– Se acharem meu relógio, mande-o para minha casa.

Não o contrario. Não adianta mais. Não posso convencê-lo. Sinto-me inútil e impotente. Esta testa com as têmporas fundas, esta boca que não é mais do que uma dentadura, este nariz afilado! E a gorda mulher chorona, em casa, a quem terei de escrever. Se ao menos a carta já estivesse a caminho!

Enfermeiros andam à volta, com garrafas e baldes. Um deles aproxima-se e olha, examinando Kemmerich, afastando-se em seguida. Vê-se que está esperando; provavelmente, precisa da cama.

Chego perto de Franz e falo, como se isso pudesse salvá-lo:

– Talvez o transfiram para a casa de repouso em Klosterberg, Franz, no meio das *villas*. Da janela, você poderá olhar para os campos e ver as árvores bem ao longe, na linha do horizonte. Esta é a estação mais linda do ano, quando o milho amadurece, à tarde, depois do sol, e os campos parecem madrepérola.

E a alameda de salgueiros em Klosterbach, onde pegávamos os peixinhos! Você poderá arranjar novamente um aquário e criar peixes; poderá sair sem pedir a ninguém, e poderá até tocar piano, se quiser.

Curvo-me sobre seu rosto, que está na sombra. Ainda respira, fracamente. Seu rosto está molhado; ele chora. Agora, sim, arranjei uma bela situação com minha conversa idiota!

– Mas, Franz! – abraço seu ombro e aproximo meu rosto do seu. – Você quer dormir agora?

Não responde. As lágrimas escorrem-lhe pela face. Queria limpá-las, mas meu lenço está sujo demais.

Passa-se uma hora. Fico sentado, atento, e observo cada expressão; talvez queira dizer mais alguma coisa. Se ele ao menos abrisse a boca e gritasse! Mas chora apenas, com a cabeça virada para o lado. Não fala de sua mãe nem dos irmãos; não diz nada; agora, tudo ficou para trás: está só, com a sua pequena vida de dezenove anos, e chora porque ela o abandona.

Este é o adeus mais desconsolado e comovedor que jamais vi, embora o de Tjaden também fosse horrível: ele berrava por sua mãe, um rapaz forte como um touro e que, com os olhos arregalados e angustiados, afastava o médico de sua cama com uma baioneta, até o colapso final.

De repente, Kemmerich geme e começa a agonizar.

De um salto, ponho-me de pé, vou até lá fora, aos tropeções, e pergunto:

– Onde está o médico? Onde está o médico?

Quando vejo um jaleco branco, seguro-o:

– Venha depressa, senão Franz Kemmerich morre.

Ele se desvencilha e pergunta a um enfermeiro que está ao lado:

– Que quer dizer isto?

– Leito 26, amputado na coxa – diz o enfermeiro.

O médico responde asperamente:

– Como posso saber alguma coisa sobre ele, se já amputei cinco pernas hoje!

Afastando-me, diz ao enfermeiro:

– Tome conta disto – e corre para a sala de operações.

Tremo de raiva enquanto acompanho o enfermeiro. O homem me olha e diz:

— Uma operação atrás da outra, desde as cinco horas da manhã; é um movimento incrível; estou lhe dizendo, meu velho, hoje houve dezesseis mortes novamente, o seu é o décimo sétimo. Não tenho a menor dúvida de que ainda completaremos vinte.

Sinto-me fraco. Não tenho forças nem para andar. Não quero mais discutir, é inútil e sem sentido, gostaria de me deixar cair no chão e nunca mais me levantar.

Estamos junto à cama de Kemmerich, que acaba de morrer. O rosto ainda está molhado de lágrimas. Os olhos estão entreabertos, amarelos como velhos botões de osso.

O enfermeiro me dá um tapa nas costas:

— Vai levar as coisas dele?

Faço um sinal afirmativo com a cabeça.

Ele continua:

— Temos que tirá-lo logo daqui, precisamos da cama. Lá fora, tem gente deitada no corredor.

Pego as coisas e tiro a plaqueta de identidade de Kemmerich. O enfermeiro pergunta pela caderneta de salário. Não consigo encontrá-la. Digo que provavelmente está na secretaria do quartel e vou embora. Atrás de mim, já estão arrastando Franz numa lona.

Na porta, sinto a escuridão e o vento como uma libertação. Respiro fundo, e o ar afaga meu rosto, com mais calor e suavidade do que nunca. De repente, começo a pensar em garotas, campos em flor, nuvens brancas.

Meus pés caminham sozinhos, arrastando as botas; ando mais depressa, corro. Soldados passam por mim; suas conversas me agitam, sem que eu as entenda. Pela terra, correm forças que me invadem pelas solas dos pés. A noite crepita eletricamente, a linha de frente troveja; é um ressoar surdo, como um concerto de tambor. Meus membros movem-se, elásticos, sinto as articulações fortes; inspiro e expiro com alento. A noite vive, eu vivo. Sinto fome de vida, uma fome muito mais desesperada que a do estômago.

Müller está a minha espera em frente ao acampamento. Dou-lhe as botas.

Entramos na barraca, e ele as experimenta. Parece que foram feitas sob medida.

Ele remexe nas suas reservas de comida e oferece-me um bonito pedaço de linguiça. Para acompanhar, ainda tem chá bem quente com rum.

3

Recebemos reforços. As vagas são preenchidas e as esteiras no quartel são rapidamente ocupadas. Uma parte é de veteranos, mas vinte e cinco rapazes, substitutos dos Depósitos de Campanha de Recrutas, também nos são entregues. Têm cerca de um ano a menos do que nós. Kropp me dá uma cotovelada:

— Já viu as crianças?

Faço um sinal afirmativo. Estufamos os peitos, fazemos a barba no pátio, enfiamos as mãos nos bolsos das calças, olhamos os recrutas de alto a baixo e nos sentimos militares muito antigos.

Katczinsky junta-se a nós. Andamos pelas cavalariças e vamos ao encontro dos recém-chegados, que no momento estão recebendo máscaras contra gás e café. Kat pergunta a um dos mais jovens:

— Faz tempo que você não tem nada de razoável para comer, não é?

O rapaz faz uma careta:

— De manhã, pão de nabo; ao meio-dia, nabo; à noite, bolo de nabo e salada de nabo.

Katczinsky assobia profissionalmente:

— Pão de nabo? Então vocês tiveram sorte, pois já o estão fazendo de serragem! Mas o que me diz de feijão branco, quer um pouco?

O rapaz fica vermelho:

— Não precisa debochar de mim.

A resposta de Katczinsky é sucinta:

— Traga a sua marmita.

Nós o seguimos, curiosos.

Ele nos leva até uma barrica, ao lado de sua esteira. Realmente está cheia até a metade de feijão branco e carne de vaca. Katczinsky instala-se a seu lado, como um general, e diz:

– Olhos abertos, mãos estendidas! Esta é a senha dos prussianos!

Estamos surpresos. Pergunto:

– Que diabo, Kat! Como é que arranjou isto?

– O Cabeça de Tomate ficou até feliz quando eu o livrei disto. Troquei-o por três pedaços de seda de paraquedas. É, feijão branco é uma delícia, até mesmo frio.

Orgulhoso, dá ao jovem uma porção e diz:

– Da próxima vez que vier aqui com o seu prato, veja se traz na mão esquerda um charuto ou um pouco de fumo. Entendido?

Vira-se para nós:

– É claro que para vocês é diferente.

Katczinsky não pode faltar de jeito nenhum; é preciso, porque tem um sexto sentido. Há gente como ele em todo lugar, mas ninguém vê de início que é assim. Toda companhia tem um ou dois exemplares. Katczinsky é o mais esperto que conheço. Acho que é sapateiro de profissão, o que não tem a menor importância, porque entende de tudo. É bom ser seu amigo. Nós o somos, Kropp, eu e também Haie Westhus, até certo ponto. Este, na verdade, é mais o órgão executivo, sob o comando de Kat, quando surge algo para o qual se precisa de um bom par de braços. Em troca, recebe favores.

Por exemplo: chegamos à noite, num lugar totalmente desconhecido, um lugarejo miserável, onde vemos logo que tudo está em ruínas; só deixaram as paredes. O alojamento que nos arranjaram é uma pequena fábrica escura, que acaba de ser preparada para este fim. Lá dentro, há camas, isto é, simples armações de camas, varas de madeira com uma rede de arame esticada em cima. São muito duras, e não temos nada para estender por cima, precisamos de cobertor para nos cobrirmos. A lona da barraca é fina demais.

Kat examina tudo e diz a Haie Westhus:

– Venha comigo.

Saem para a aldeia, que lhes é inteiramente desconhecida. Voltam meia hora depois, com os braços cheios de palha. Kat descobriu um estábulo e, com isso, a palha. Agora, já poderíamos dormir aquecidos, se não fosse a nossa fome terrível.

Kropp pergunta a um artilheiro, que já está há algum tempo nessa posição:

— Não há nenhuma cantina por aqui?

O outro ri:

— Está louco? Aqui não há nada. Nem casca de pão!

— Não há mais habitantes?

Ele cospe:

— Alguns. Mas até eles ficam rondando os caldeirões, mendigando.

— Isto vai mal. Então, temos de apertar os cintos e esperar até amanhã quando vier a boia.

Mas vejo Kat enfiar o gorro e pergunto:

— Onde vai, Kat?

— Explorar um pouco a situação.

Sai gingando.

O artilheiro sorri, irônico:

— Explore à vontade. Mas não vá se cansar carregando tudo que descobrir por aí.

Desapontados, deitamo-nos e ficamos pensando se devíamos avançar na nossa ração de reserva. Mas é muito arriscado. Assim, tentamos tirar um cochilo.

Kropp parte um cigarro e me dá a metade. Tjaden descreve o seu prato típico regional, feijão graúdo com toucinhos. Critica severamente o seu preparo sem hortaliças. Mas o essencial é cozinhar tudo junto: pelo amor de Deus, não se deve cozinhar as batatas, o feijão e o toucinho separados. Alguém resmunga que vai amassar a cara do Tjaden até virar tutu de feijão, se não se calar logo. Durante um longo espaço de tempo, ficamos em silêncio; apenas umas velas chamejam em gargalos de garrafas, e, de vez em quando, o artilheiro cospe.

Cochilamos um pouco, até que a porta se abre, e Kat aparece. Penso que estou sonhando: traz dois grandes pães debaixo do braço e, na mão, um saco ensanguentado cheio de carne de cavalo.

O cachimbo cai da boca do artilheiro. Ele apalpa o pão.

– Por Deus, é pão de verdade, e ainda está quente.

Kat não perde tempo com palavras. Há pão, e o resto não importa. Estou convencido de que, se colocassem Kat no meio do deserto, em uma hora arranjaria um jantar: carne assada, com tâmaras e vinho.

Lacônico, ele diz a Haie:

– Corte lenha.

Então, tira uma frigideira de baixo do dólmã e, do bolso, um punhado de sal e, até mesmo, gordura – pensou em tudo. Haie acende uma fogueira no chão. Ela crepita no espaço vazio da fábrica. Saímos das camas.

O artilheiro fica em dúvida. Não sabe se deve elogiar para conseguir alguma coisa. Mas Katczinsky nem o vê; para ele, o outro não existe. O artilheiro afasta-se, praguejando.

Kat sabe como assar carne de cavalo para ficar macia. Não deve ir logo para a frigideira, senão endurece. É preciso cozinhá--la primeiro com um pouco de água. Nós nos agachamos numa roda e, armados com nossas navalhas, enchemos as barrigas.

Este é o velho Kat! Se durante um ano, num lugar qualquer, apenas por uma hora, existisse algo comestível para se conseguir, Kat, exatamente nessa hora, como um iluminado, enfiaria o gorro e sairia, e, como se tivesse uma bússola, iria diretamente ao local certo e encontraria a comida.

Ele acha tudo. Quando faz frio, um pequeno fogareiro e lenha; feno e palha; mesas e cadeiras – mas, acima de tudo, comida.

É um enigma; a gente pensa até que ele tira as coisas do ar como por magia. A sua maior proeza foram quatro latas de lagosta. Para dizer a verdade, teríamos preferido manteiga.

Estiramo-nos no lado ensolarado do alojamento. Cheira a pixe, a verão e chulé. Kat está sentado do meu lado, porque gosta de conversa. Hoje, fizemos exercício de continência durante uma hora, porque Tjaden cumprimentou um major descuidadamente. Isso não lhe sai da cabeça. Kat diz:

– Ouçam o que eu digo: vamos perder a guerra porque batemos continência bem demais.

Kropp, com seu passo de cegonha, aproxima-se, descalço, a calça arregaçada. Bota as suas meias lavadas na grama para secar. Kat olha o céu, solta um peido sonoro e diz, pensativo:

– Cada feijãozinho dá o seu sonzinho.

Kat e Kropp começam a discutir. Ao mesmo tempo apostam uma cerveja para ver quem acerta o vencedor de um combate de aviões que está se travando neste momento acima de nós.

Kat não desiste de sua opinião, que, como velho soldado, novamente expressa em rima:

– Se todos os exércitos tivessem soldo igual e igual comida, a guerra seria depressa esquecida...

Kropp, ao contrário, é um pensador. No seu entender, uma declaração de guerra deve ser uma espécie de festa do povo, com entradas e músicas, como nas touradas. Depois, os ministros e os generais dos dois países deveriam entrar na arena de calção de banho e, armados de cacetes, investirem uns sobre os outros. O último que ficasse de pé seria o vencedor. Seria mais simples e melhor do que isto aqui, onde quem luta não são os verdadeiros interessados.

A proposição agrada. Depois, a conversa passa para o exercício no quartel.

Com isso, aparece-me uma imagem na mente. Uma tarde causticante no pátio do quartel. O calor paira sobre o lugar. O quartel parece abandonado. Todos dormem. Ouvem-se, apenas, os tambores rufando; os soldados que tocam instalaram-se em algum lugar e ensaiam, desajeitada e monotonamente. Que trio: calor de meio-dia, pátio de quartel e ensaio de tambor!

As janelas do quartel estão vazias e escuras. Em algumas, existem calças de farda, penduradas, secando. Olha-se para lá, com desejo de entrar. Os quartos estão frescos.

Ó, vocês, quartos! Escuros, abafados, com as armações metálicas das camas, os velhos armários e os banquinhos na frente! Até vocês podem tornar-se objetos de desejo; aqui fora, são para nós um reflexo lendário do lar, vocês e o seu cheiro de comida rançosa, de sono, de fumaça e de roupa!

Katczinsky descreve tudo isso com colorido e gestos animados. O que não daríamos para podermos voltar para eles; nossos pensamentos não se atrevem a pedir mais. Ó, horas de instrução na madrugada:

– De quantas partes se compõe o fuzil 98?

Ó, vocês, horas de ginástica da tarde!

– Pianistas, um passo à frente. Um passo à direita, apresentar-se na cozinha para descascar batatas... – as recordações se sucedem.

De repente, Kropp ri e diz:

– Baldeação em Löhne!

Era o divertimento predileto do nosso cabo. Löhne é uma estação de baldeação. Para que os nossos soldados de licença não se perdessem, Himmelstoss praticava a baldeação conosco nos alojamentos do quartel. Deveríamos aprender que, em Löhne, pega-se o outro trem atravessando uma passagem subterrânea. As camas representavam essa passagem e cada um ficava de pé ao lado da sua. Então, vinha o comando: "Baldeação em Löhne!", e, como um raio, todo mundo passava por baixo das camas até chegar ao outro lado. Durante horas e horas praticavam isso.

Neste ínterim, o aviador alemão fora abatido, rolando para a terra numa nuvem de fumaça. Assim, Kropp perdeu uma garrafa de cerveja e, mal-humorado, conta o dinheiro.

– Himmelstoss, como carteiro, devia ser um homem modesto – disse eu, depois de Albert refazer-se da decepção –, então, como foi transformar-se num carrasco destes como cabo?

A pergunta faz com que Kropp se anime.

– Não é só Himmelstoss, há muitos assim. Logo que recebem galões ou espadas tornam-se pessoas diferentes, como se tivessem o rei na barriga.

– É a farda – sugiro.

– Mais ou menos – diz Kat e prepara-se para fazer um grande discurso: – Mas a razão é outra. Olhe, quando você ensina um cachorro a comer batatas e, depois, dá-lhe um pedaço de carne, ele o abocanhará a despeito disto, porque está em sua natureza. E se você der um pouco de autoridade ao homem, acontece a mesma coisa: ele vai se atirar a ela. Isto vem naturalmente: o homem, no começo, é um animal, e só depois, como um pão que recebe manteiga, deixa-se recobrir com uma camada de decência.

– Ora, a tropa subsiste por isso – continuou –, um sempre tem autoridade sobre o outro. O mal é que um só tem autoridade demais: o cabo pode atormentar o soldado raso até levá-lo à loucura, assim como o tenente ao cabo, o capitão ao tenente. E, como todos sabem disso, acostumam-se logo a abusar. Veja um exemplo muito simples: voltamos de um exercício e estamos cansados até a alma. Então, vem a voz de comando: "Cantar!". Bem, sai um canto fraco, pois cada um já se dá por muito feliz se ainda consegue arrastar o seu fuzil. Logo a companhia recebe ordem de fazer meia-volta e é obrigada a uma hora suplementar de exercício, como castigo. Na marcha de volta, ordenam novamente: "Cantar!", e, agora, cantam bem. Para que serve tudo isso? O comandante conseguiu impor sua vontade, porque tem autoridade para tanto. Ninguém vai criticá-lo; pelo contrário, acham que é enérgico. E este é apenas um detalhe insignificante – existem ainda muitos outros processos para nos torcer. Agora, pergunto a vocês, não importa o que um homem faz como civil – qual é a profissão em que alguém pode fazer uma coisa dessas sem que alguém lhe quebre a cara? Só na vida militar. Estão vendo: a autoridade sobe à cabeça de todos! E, quanto menos mandava, como civil, mais o poder lhe sobe à cabeça!

– É que, segundo eles, é necessário haver disciplina – declara Kropp, sem muita convicção.

– Desculpas – resmunga Kat – eles têm sempre. Deve ser necessária, mas não pode virar perseguição. E vá tentar explicar isso a um serralheiro, ou a um criado, ou a um operário, explique isso a um pobre caipira – e é o que somos aqui, na maioria. Ele vê apenas que está sendo perseguido e que será mandado para o campo de batalha; sabe muito bem o que é necessário e o que não é. É o que eu digo sempre: o que se atura aqui na linha de frente é demais. É demais!

Todos concordam, pois sabem que a rigidez da disciplina militar só para nas trincheiras, mas recomeça a poucos quilômetros da linha de frente, com as coisas mais absurdas, como, por exemplo, continências e paradas, porque existe uma lei inexorável: o soldado tem que ficar sempre ocupado.

Mas agora aparece Tjaden, com o rosto coberto de manchas vermelhas. Está tão agitado que chega a gaguejar:

Radiante, ele escande bem as sílabas:

– Him-mel-stoss está a caminho. Ele vem para a linha de frente!

Tjaden tem um ódio mortal de Himmelstoss, porque este educava à sua maneira no acampamento. Tjaden urina na cama à noite, enquanto dorme; isso lhe acontece naturalmente. Himmelstoss afirmava categoricamente que se tratava simplesmente de preguiça e inventou um meio digno apenas dele para curar Tjaden. Descobriu, num alojamento vizinho, um outro homem com o mesmo problema, chamado Kindervater. Apanhou-o e alojou-o junto a Tjaden. Nos alojamentos, havia armações de cama-beliche. Os colchões eram feitos de arame. Himmelstoss, então, instalou os dois, um embaixo do outro. O de baixo, é claro, padecia horrivelmente. Assim, na noite seguinte, trocavam de cama: o de baixo ia para cima, para se vingar. Esta foi a autoeducação inventada por Himmelstoss. Era um recurso baixo, mas, como ideia, não deixava de ter o seu valor. Infelizmente, de nada adiantou, porque a hipótese de Himmelstoss não era verdadeira; não se tratava de preguiça. Qualquer um poderia observá-lo, olhando para suas peles baças. O caso terminou com um dos dois dormindo sempre no chão, correndo o risco de se resfriar.

Neste ínterim, Haie também acomodou-se perto de nós. Pisca o olho para mim e esfrega, pensativamente, as mãos. É que vivemos juntos o mais belo dia de nossa vida na tropa. Foi na véspera de nossa partida para o campo de batalha. Fomos incorporados a um dos regimentos que acabavam de ser formados, mas recebemos ordem de voltar para o alojamento para nos darem o uniforme de campanha; a bem dizer, não foi para o alojamento dos recrutas, mas para um outro quartel. Na manhã seguinte, bem cedo, deveríamos partir. À noite, preparamo-nos para ajustar contas com Himmelstoss. Há meses, nós o tínhamos jurado a nós mesmos. Kropp tinha até planejado que, quando chegasse a paz, entraria para os Correios, para depois, quando Himmelstoss fosse novamente carteiro, poder ser seu superior. Extasiava-se com as imagens de como lhe retribuiríamos os maus-tratos. Era justamente por esse motivo que Himmelstoss não conseguia nos dominar: contávamos sempre com o fato de que iríamos apanhá-lo, nem que fosse no fim da guerra. Por enquanto, satisfazíamo-nos em dar-lhe uma boa surra. Nada poderia nos acontecer, se ele não nos reconhecesse; além disto, partiríamos na manhã seguinte.

Conhecíamos a taberna que frequentava todas as noites. Para voltar ao quartel, tinha de passar por uma rua escura e deserta. Foi lá que ficamos, então, à sua espera, escondidos atrás de um monte de pedras. Eu tinha levado um lençol. Tremíamos, na expectativa de ver se viria sozinho ou acompanhado. Até que finalmente ouvimos os passos que conhecíamos perfeitamente; várias vezes, nós os tínhamos ouvido de manhã, quando a porta se abria bruscamente e ele berrava: "Levantar!".

– Está só? – cochichou Kropp.

– Sozinho! – e, com Tjaden, arrastei-me à volta do monte de pedras.

Já víamos brilhar a fivela de seu cinturão. Himmelstoss parecia meio alto e cantava. Sem o menor pressentimento, passou por nós.

Pegamos o lençol, demos um salto e, rapidamente, atiramo-lo por sobre a sua cabeça, pelas costas, apertando-o embaixo, de maneira que o cabo ficou como que preso no saco branco e não conseguia sequer levantar os braços. O canto morreu.

No momento seguinte, Haie Westhus estava junto a nós. Com os braços abertos, empurrou-nos para trás, só para ser o primeiro. Com uma alegria imensa, tomou posição, levantou o braço como um sinaleiro, e a mão enorme aberta, como uma pá de carvão, descarregou uma tal pancada no saco branco, que poderia ter matado um boi.

Himmelstoss virou uma cambalhota, aterrissou a uns cinco metros de distância e começou a gritar. Estávamos preparados para tudo, pois tínhamos trazido uma almofada. Haie agachou-se, colocou a almofada nos joelhos, pegou Himmelstoss pela cabeça e apertou-o contra a almofada. Imediatamente, os urros de Himmelstoss se amorteceram. Haie deixava-o respirar de vez em quando, e, então, os sons roucos transformavam-se em gritos magníficos, claros, que logo baixavam novamente.

Tjaden desabotoou, então, os suspensórios de Himmelstoss e puxou-lhe a cabeça para baixo. Enquanto fazia isto, segurava um chicote entre os dentes. Levantou-se e entrou em ação.

Era um quadro maravilhoso: Himmelstoss no chão. Haie inclinado sobre ele, segurando sua cabeça entre os joelhos; Haie rindo diabolicamente, a boca aberta de prazer, e as ceroulas listradas estremecendo com as pernas tortas, que, dentro das calças arriadas, faziam, a cada golpe, os movimentos mais originais, e, dominando tudo isto, o incansável Tjaden surrando o cabo sistematicamente, como se estivesse rachando lenha.

Por fim, tivemos que arrancá-lo para que também aproveitássemos um pouco.

Finalmente, Haie pôs Himmelstoss de pé e, para encerrar, deu uma representação particular. Parecia que queria colher estrelas, tão alto levantou o braço direito para desferir um último golpe. Himmelstoss caiu. Haie levantou-o de novo, colocou-o em posição e deu, ainda, uma outra bofetada, de primeira classe, com a mão esquerda.

Himmelstoss urrou e fugiu de quatro. Seu belo rabo listrado de carteiro resplandecia ao luar.

Desaparecemos a toda velocidade.

Haie ainda olhou para trás e, num tom de raiva satisfeita, disse, um tanto enigmaticamente:

– A vingança é uma salsicha!...

Na verdade Himmelstoss podia considerar-se feliz, porque a sua teoria no sentido de que "uns devem sempre educar os outros" tinha dado bons resultados. Fomos bons alunos dos métodos que preconizara.

Nunca descobriu a quem agradecer o acontecimento. Ainda ganhou um lençol, porque, quando fomos procurá-lo algumas horas depois, não o encontramos.

A proeza desta noite foi a razão pela qual, na manhã seguinte, partimos mais ou menos consolados. Um velho com uma enorme barba classificou-nos, por isso, todo emocionado, de "juventude heroica"!

4

Recebemos ordens de avançar e fazer trincheiras na linha de frente. Quando chegam os caminhões, subimos neles. É uma noite morna, e o crepúsculo parece um toldo, sob cuja proteção nos sentimos bem. Ele nos une; até o avarento Tjaden me dá um cigarro e o acende.

Estamos de pé, lado a lado, ninguém pode sentar-se. Também não estamos acostumados a nos sentar. Até que enfim vemos Müller de bom humor! Está com as botas novas.

Os motores dão a partida, os caminhões rolam ruidosamente. As estradas estão gastas e cheias de buracos. É proibido acender as luzes, e os solavancos quase nos derrubam do caminhão. Mas isso não nos inquieta. Que pode acontecer? Um braço quebrado é sempre melhor do que uma bala na barriga, e muitos desejam justamente uma oportunidade como essa para ir para casa.

Ao nosso lado, em fila comprida, desdobram-se as colunas de munição. Têm pressa, e ultrapassam-nos sempre. Atiramos-lhes piadas, às quais respondem.

Surge um muro, pertencente a uma casa que fica fora da estrada. De repente, aguço os ouvidos. Será que me engano? Não; novamente escuto com nitidez o grasnar de um ganso. Olho para Katczinsky – que me devolve o olhar: já nos entendemos.

– Kat, estou escutando um candidato à panela!...

Ele concorda:

– Está certo, quando voltarmos... Conheço o terreno aqui.

É claro que Kat conhece o terreno. Com certeza, conhece cada coxa de ganso num raio de vinte quilômetros.

Os caminhões alcançam as posições de artilharia. Os caminhões estão camuflados com ramos de árvores, para não serem vistos pelos aviões; é como se fosse uma festa de primavera. Estes caramanchões pareceriam alegres e tranquilos, se não fossem habitados por canhões.

O ar está saturado com a fumaça dos canhões e com o nevoeiro. Sente-se o gosto amargo de pólvora na língua. Os tiros estouram, fazendo estremecer nosso caminhão; o eco rola fragorosamente. Tudo estremece. Nossas feições alteram-se, insensivelmente. Não vamos, na verdade, até a primeira linha, somente até as trincheiras, mas em cada rosto pode-se ler: "Aqui fica o front, estamos nos seus domínios". Isto não é ainda o medo. Quem já esteve tantas vezes na linha de frente, como nós, não se deixa abalar. Só os jovens recrutas estão impressionados. Kat ensina-lhes:

– Aquele foi um 30,5. Vocês podem distingui-lo pela detonação: ouviram o disparo, daqui a pouco escutarão o seu impacto.

Mas o som abafado da explosão não chega até aqui. Perde-se no burburinho da frente. Kat apura o ouvido e declara:

– Esta noite vai haver barulho.

Ficamos todos escutando. O front está agitado. Kropp diz:

– Os Tommies já estão atirando.

Ouvem-se nitidamente as detonações. São as baterias inglesas, à direita do nosso setor. Estão começando uma hora antes do normal. Do nosso lado, sempre se começa pontualmente às dez horas.

– Que estão pensando! – exclama Müller. – Seus relógios estarão adiantados?

– Vai haver barulho, estou dizendo a vocês; sinto-o nos ossos – declara Kat, enterrando a cabeça entre os ombros.

Bem perto de nós, soam três detonações.

O clarão do fogo corta obliquamente a neblina; os canhões rugem e trovejam. Sentimos calafrios, mas estamos felizes, porque amanhã de manhã estaremos de volta ao acampamento.

Nossos rostos não estão nem mais pálidos nem mais corados do que antes; não estão mais tensos nem mais relaxados e, no entanto, estão diferentes. Sentimos como se o contato de uma corrente elétrica alvoroçasse nosso sangue. Isto não é só força de expressão; é um fato. É o front, a consciência de estarmos na linha de frente, que estabelece esse contato. No mesmo instante em que as primeiras granadas assobiam, quando o ar estremece sob os tiros, insinua-se, repentinamente, uma expectativa malreprimida em nossas veias, em nossas mãos, em nossos olhos, um esperar mais vigilante, uma consciência mais intensa do nosso ser, um estranho aguçamento dos sentidos. O corpo, de repente, fica preparado para tudo.

Muitas vezes, tenho a impressão de que o ar, sacudido, vibrante, como asas silenciosas, salta sobre nós; ou como se da própria frente emanasse um fluido elétrico, que estimulasse em mim desconhecidas fibras nervosas.

É sempre a mesma coisa: partimos, e somos simples soldados casmurrões ou bem-humorados – vêm as primeiras posições, e cada palavra de nossas conversas passa a ter um som diferente.

Quando Kat, escarrapachado diante das barracas, diz: "Vai haver bombardeio", é a opinião pessoal dele e nada mais, mas quando diz isto aqui, a frase tem a agudeza de uma baioneta reluzindo ao luar; atravessa nossos pensamentos, aproxima-se e fala ao inconsciente que acordou dentro de nós, com um sentido confuso! "Vai haver bombardeio", talvez seja nossa vida mais íntima e secreta que vibra e se prepara para a defesa.

Para mim, a frente é um redemoinho sinistro. Quando se está em águas calmas, ainda longe de seu centro, já se lhe sente a força de aspiração que nos arrasta, lenta e implacavelmente, sem encontrar muita resistência. Mas a terra e o ar fornecem-nos forças defensivas; principalmente a terra. Para nenhum homem a terra é tão importante quanto para um soldado. Quando ele se comprime contra ela demoradamente, com violência, quando nela enterra profundamente o rosto e os membros, na angústia mortal do fogo, ela é seu único amigo, seu irmão, sua mãe. Nela ele abafa o seu pavor e grita no seu silêncio e na sua segurança; ela o acolhe e o libera para mais dez segundos de corrida e de vida, e volta a abrigá-lo: às vezes, para sempre!

Terra, terra, terra!

Ó terra, com teus relevos, tuas covas e tuas depressões, onde a gente pode se atirar e se agachar! Terra, nos espasmos de horror, no romper do aniquilamento, no grito mortal das explosões, tu nos deste a poderosa contracorrente que nos tira da inércia paroxística e torna a nos salvar a vida! A tormenta furiosa de uma existência quase destruída reflui de ti para nossas mãos, e nós, que escapamos, enterramo-nos em ti, e, na felicidade muda e nervosa de termos sobrevivido a esses minutos vencidos, nós te mordemos com fúria!

Com um sobressalto, uma parte do nosso ser, ao primeiro ribombar das granadas, recua no passado milhares de anos. É o instinto do animal que desperta em nós, que nos guia e nos protege. Não é consciente; é muito mais rápido, muito mais seguro, muito mais infalível do que a consciência. Não se pode explicar. Andamos sem pensar em nada... de repente, estamos deitados numa depressão da terra, enquanto acima de nós voam os estilhaços... Mas a gente não se lembra de ter ouvido as granadas chegarem nem de ter pensado em se deitar. Se confiássemos no pensamento, já seríamos um monte de carne espalhada por todos os lados. Foi este outro que habita dentro de nós, foi o sentido clarividente que em nós existe que nos atirou ao chão e nos salvou, sem que se saiba como. Se não fosse isto, há muito já não haveria mais ninguém de Flandres até os Vosges.

Partimos como simples soldados casmurrões ou bem-humorados... chegamos na zona onde começa a frente de batalha e já nos tornamos homens-animais.

Um bosque devastado nos acolhe. Passamos pelas cozinhas ambulantes de campanha. Atrás do bosque, saltamos. Os caminhões partem. Deverão apanhar-nos amanhã, antes do amanhecer.

O nevoeiro e a fumaça da pólvora cobrem os campos até a altura do peito de um homem. A lua brilha. Na estrada, passam as tropas. Os capacetes de aço fulguram sob o luar com reflexos foscos. As cabeças e os fuzis erguem-se da neblina branca, cabeças oscilantes e canos de fuzis que vacilam.

Mais adiante, a névoa se dissipa. As cabeças transformam-se em vultos; as túnicas, as calças e as botas emergem da neblina como de um lago de leite. Forma-se uma coluna, que marcha em frente; os vultos fundem-se numa espécie de cunha, já não se reconheçam as fisionomias; só uma cunha escura avança, estranhamente completada pelas cabeças e pelos fuzis, que parecem sair flutuando do lago nevoento. Uma coluna... não são homens.

Numa estrada transversal, movimentam-se canhões ligeiros e caminhões de munição. Os dorsos dos cavalos reluzem ao luar; seus movimentos são belos, jogam as cabeças para cima e têm os olhos brilhantes. Os canhões e os caminhões parecem flutuar na paisagem enluarada; os cavaleiros, com seus capacetes de aço, dão a impressão de pertencerem a tempos passados; é um quadro ao mesmo tempo belo e empolgante.

Nosso destino é o campo da engenharia. Alguns carregam ferros curvos e pontiagudos nos ombros; outros passam barras de ferro através dos rolos de arame farpado e vão embora. As cargas são incômodas e pesadas.

O terreno torna-se mais acidentado e cheio de fendas. Da frente vêm avisos: "Atenção! À esquerda um buraco profundo de granada"... "Cuidado... um fosso!".

Nossos olhos estão alertas, nossos pés e os bastões tateiam o terreno, antes de ele receber o peso todo do corpo. Repentinamente, o pelotão se detém... batemos com o rosto de encontro ao arame que o homem da frente carrega e praguejamos.

Alguns carros danificados pelas granadas estão no caminho. Ouve-se uma nova voz de comando: "Apaguem os cigarros e os cachimbos". Estamos bem perto das trincheiras.

Nesse ínterim, escureceu totalmente. Contornamos um pequeno bosque e, então, temos diante de nós as primeiras linhas da frente de batalha.

Uma claridade indistinta, avermelhada, espalha-se no horizonte, de um extremo ao outro. Ela parece estar em movimento contínuo, atravessada pelos clarões que irrompem das bocas das baterias. Foguetes luminosos elevam-se para o céu, bolas prateadas e vermelhas que explodem e caem numa chuva de estrelas verdes, vermelhas e brancas. Foguetes franceses sobem, abrem no ar um paraquedas de seda e descem lentamente. Iluminam tudo como se fosse dia claro; seu brilho vem até nós e vemos a nossa sombra nitidamente no chão.

Eles flutuam no ar durante alguns minutos, até se consumirem. Em seguida, sobem outros, de todos os lugares, e depois novamente os verdes, vermelhos e azuis.

– Raio de bombardeio! – diz Kat.

O trovejar dos canhões aumenta até transformar-se em um único ribombar surdo, que logo se divide em explosões sucessivas. As metralhadoras crepitam. Acima de nós, o ar está cheio de petardos invisíveis, de assobios, sibilos e sussurros. São as granadas de calibre menor; mas, em meio a tudo, soa também a voz poderosa dos canhões de grosso calibre, dos tiros da artilharia pesada, que vão cair na retaguarda. Produzem um grito rouco e distante como o dos veados no cio e sobem alto por cima dos uivos e silvos dos pequenos obuses.

Os holofotes começam a vascular o negro céu. Seus focos alongam-se como réguas imensas de extremidades mais finas. Um deles imobiliza-se e treme um pouco. Imediatamente, um segundo aproxima-se, eles se cruzam, um inseto preto está entre eles e tenta escapar: é um aviador. Este hesita, fica ofuscado e começa a cair.

Cravamos as estacas de ferro solidamente a intervalos regulares. São sempre dois homens que seguram um rolo: os outros desenrolam o arame farpado. É o horrível arame, com pontas longas e retorcidas. Como não estou mais acostumado a desenrolá-lo, rasgo as mãos.

Após algumas horas, terminamos o trabalho. Mas ainda temos tempo antes da chegada dos caminhões. A maioria deita-se no chão e dorme. Procuro fazer o mesmo, mas está frio demais. Sente-se que estamos perto do mar, e acordamos a todo instante por causa do frio.

Finalmente, consigo adormecer. Quando acordo, sobressaltado, não sei onde estou. Vejo as estrelas, vejo os foguetes e, por um segundo, tenho a impressão de ter adormecido em alguma festa num jardim. Não sei se é manhã ou noite, estou deitado no berço pálido do crepúsculo e espero as palavras suaves que deverão vir, ternas e tranquilizadoras... será que estou chorando? Passo a mão nos olhos. É tão estranho! Sou uma criança? Sinto a minha pele macia... tudo dura apenas um segundo, e, então, reconheço a silhueta de Katczinsky. Está sentado tranquilamente, o velho soldado, fumando seu cachimbo, um cachimbo com tampa, é claro. Quando repara que estou acordado, diz apenas:

– Que susto, hein? Foi só um foguete que caiu lá no mato.

Levanto-me. Sinto-me estranhamente só. É bom que Kat esteja perto. Olhando pensativo para a linha de frente, diz:

– Seriam bonitos fogos de artifício, se não fossem tão perigosos.

Atrás de nós, cai uma granada. Alguns dos recrutas estremecem, assustados.

Depois de uns minutos, explode outra granada, mais perto que antes. Kat apaga seu cachimbo.

– Vai haver barulho – diz ele.

E o bombardeio começa para valer. Afastamo-nos, rastejando, tão bem quanto se consegue, na pressa. A terceira granada cai bem no meio de nós. Alguns gritam. No horizonte, sobem foguetes verdes. A lama espirra alto, os estilhaços zumbem. Ouvem-se explosões ainda durante muito tempo depois de os estampidos emudecerem.

Junto a nós, está deitado um recruta louro, no mais completo pavor. Tem o rosto escondido entre as mãos. O capacete caiu longe. Apanho-o com dificuldade e quero recolocá-lo em sua cabeça. Ele olha para cima e afasta o capacete, e, como uma criança, mete a cabeça embaixo de meu braço, apertando-a contra meu peito. Os ombros estreitos tremem. Ombros como os de Kemmerich.

Deixo-o ficar. Mas, para que o capacete tenha qualquer utilidade, coloco-o no traseiro, não por brincadeira, mas porque é o ponto mais elevado de seu corpo. Embora a carne seja muita, os tiros nesse lugar são terrivelmente dolorosos, além de se ter que permanecer meses a fio no hospital, deitado de bruços, e depois ficar capenga, com quase toda certeza.

Em algum lugar, não muito longe, acertaram alguém... escutam-se gritos nos intervalos das explosões.

Por fim, o silêncio. O bombardeio passou sobre nós e cai, agora, sobre as últimas trincheiras de reserva. Ousamos dar uma olhadela. Foguetes vermelhos dançam no céu. Provavelmente, vai haver um ataque.

Perto de nós, tudo quieto. Levanto-me e dou um tapa no ombro do recruta.

– Passou, rapaz! Mais uma vez, correu tudo bem.

Aturdido, ele olha à volta. Para tranquilizá-lo, digo-lhe:

– Vai se acostumar, em breve.

Repara no seu capacete e enfia-o na cabeça. Pouco a pouco, volta a si. De repente, fica vermelho como fogo e me olha encabulado. Cuidadosamente, aponta para o traseiro, com uma expressão atormentada. Entendo imediatamente: é a dor de barriga da frente de batalha. Não foi exatamente para isto que coloquei o capacete lá, mas, mesmo assim, consolo-o:

– Não é vergonha nenhuma; muita gente já encheu as calças depois do batismo de fogo. Vá lá atrás do bosque e jogue fora a sua ceroula. Entendido?

Ele sai correndo. Tudo fica mais calmo, mas os gritos não param.

– O que há, Albert? – pergunto.

Lá do outro lado, umas duas colunas foram atingidas em cheio.

Os gritos continuam. Não são homens, eles não gritam assim tão horrivelmente.

Kat diz:

– Cavalos feridos.

Eu nunca tinha ouvido cavalos gritarem e quase não posso acreditar. É toda a lamentação do mundo, é a criatura martirizada, é uma dor selvagem, terrível, que assim geme. Ficamos pálidos. Detering levanta-se.

– Pelo amor de Deus, acabem logo com eles!

É lavrador e conhece os cavalos muito bem. Isso toca-lhe fundo. E, como se fosse de propósito, o fogo quase cessa, fazendo ficar mais nítido o gritar dos bichos. Não se sabe mais de onde vêm, nesta paisagem calma prateada; são invisíveis, espectrais; em todo lugar, entre o céu e a terra, os gritos se propagam. Detering, descontrolado, berra:

– Atirem neles, atirem logo, seus malditos, pelo amor de Deus!
– Têm de recolher primeiro os homens – diz Kat.

Levantamo-nos e procuramos descobrir o lugar. Se ao menos pudéssemos ver os animais, seria mais fácil de suportar o pesadelo. Meyer tem um binóculo. Vemos um grupo escuro de enfermeiros com macas e grandes massas negras, que se agitam. São cavalos feridos. Mas não estão todos ali. Alguns continuam a galopar mais adiante, caem no chão, para depois se erguerem novamente.

Um deles tem o ventre rasgado, as tripas penduradas para fora. Tropeça nos próprios intestinos e cai, mas levanta-se novamente.

Detering pega o fuzil e apoia. Kat afasta-o com força.
– Ficou maluco?

Detering treme e joga o fuzil no chão. Sentamo-nos e tapamos os ouvidos. Mas estes lamentos, gemidos e clamores terríveis penetram dentro de nós, eles conseguem penetrar em todo lugar.

Somos capazes de aguentar muito sofrimento. Mas agora estamos todos suando. Queríamos levantar e fugir, não importa para onde, somente para não termos que ouvir mais esses gritos.

E, apesar de tudo, nem homens são, apenas cavalos.

Do grupo escuro, destacam-se as padiolas. Alguns tiros crepitam. As grandes massas estremecem e tornam-se menores. Até que enfim! Mas ainda não acabou. Os homens não conseguem aproximar-se dos animais feridos, que, no seu medo, fogem, levando toda a dor nas bocas escancaradas.

Uma das silhuetas fica de joelhos; um tiro... um cavalo cai... e depois outro. O último apoia-se nas patas dianteiras e gira como um carrossel; sentado, continua a rodar nas pernas dianteiras apoiadas; provavelmente, a espinha está quebrada. O soldado aproxima-se correndo e o abate. Lentamente, com humildade, a massa desliza para o chão.

Tiramos as mãos dos ouvidos. Os gritos silenciaram. Apenas num suspiro prolongado, que vai se extinguindo, ainda paira no ar. Agora só os foguetes, o assobio das granadas e as estrelas novamente... e isto é quase estranho.

Detering anda de um lado para outro, praguejando:

– Gostaria de saber que culpa têm estes pobres animais!

Em seguida, volta ao mesmo assunto; sua voz está agitada, seu tom é quase solene, quando diz:

– É o que digo a vocês, usar animais na guerra é a maior infâmia do mundo!

Voltamos para a retaguarda. Está na hora de chegarem nossos caminhões. O céu ficou um pouco mais claro. São três horas da madrugada. O vento está limpo e fresco, a hora pálida torna nossos rostos cinzentos.

Tateando, avançamos uns atrás dos outros, através das trincheiras e dos buracos de granadas, e chegamos novamente na zona da neblina. Katczinsky está inquieto; é um mau sinal.

– Que tem você, Kat? – pergunta Kropp.

– Queria que já estivéssemos em casa.

"Em casa"... ele quer dizer nas barracas do acampamento.

– Não vai demorar muito mais, Kat.

Ele está nervoso.

– Não sei, não sei.

Chegamos às trincheiras, e depois aos prados. Aparece o pequeno bosque; aqui, conhecemos cada palmo de terreno. Lá adiante, fica o cemitério dos caçadores, com os montículos e as cruzes negras.

Neste instante, atrás de nós um silvo agudo, que aumenta e se transforma num poderoso trovejar. Abaixamo-nos... cem metros à nossa frente, sobe uma nuvem de fogo; sob o impacto de uma segunda explosão, uma parte do bosque sobe lentamente no ar, arrancando três ou quatro árvores que depois caem em pedaços. As granadas que se seguem assobiam como válvulas de caldeiras – o fogo é pesado.

– Abriguem-se! – berra alguém. – Abriguem-se!

Os prados são planos, o bosque fica longe demais – é perigoso; não há outro abrigo senão o cemitério e o relevo dos túmulos. Vamos para lá, tropeçando na escuridão, e, como um escarro, cada um cola-se num pedaço de terra.

Não há um minuto a perder. A escuridão enlouquece. Ela agita-se e esbraveja. Sombras mais negras do que a noite precipitam-se sobre nós, raivosamente. O fogo das explosões ilumina o cemitério.

Não há por onde fugir. Ao clarão de um obus, arrisco um olhar na direção dos prados. Estes estão como um mar revolto, as labaredas dos projéteis sobem como repuxos de água. É totalmente impossível alguém atravessá-las.

O bosque desaparece, em pedaços, esmagado, aniquilado. Temos que ficar abrigados no cemitério.

À nossa frente, a terra explode. Chovem torrões. Sinto um solavanco e minha manga é rasgada por um estilhaço. Fecho a mão em punho. Não há dor. Mas isso não me tranquiliza, porque os ferimentos sempre doem depois. Apalpo o braço. Está arranhado, mas salvo. Agora, sinto uma pancada na cabeça; começo a perder os sentidos. Tenho um pensamento fulminante: "Não desmaie!". Afundo numa massa negra, uma espécie de vácuo, mas recomponho-me logo. Um estilhaço atingira meu capacete... mas tinha vindo de tão longe que não o atravessou. Limpo a lama dos olhos. À minha frente, abriu-se uma cratera; vejo-a confusamente. É raro cair mais de uma granada no mesmo buraco, e, por isso, procuro entrar nele. De um salto, atiro-me para dentro, achatado como um peixe fora da água. Novamente, um sibilar faz-se ouvir; encolho-me depressa; procuro abrigar-me. Sinto alguma coisa à minha esquerda, aperto-me contra ela, a coisa cede. Gemo, a terra desfaz-se, a pressão do ar troveja nos meus ouvidos, arrasto-me por baixo da massa que cede, puxo-a por cima de mim, é madeira e pano, um abrigo, um miserável abrigo contra os estilhaços que caem à minha volta.

Abro os olhos. Meus dedos seguram uma manga, um braço. Um ferido? Grito-lhe, nenhuma resposta... é um morto. Minha mão esquadrinha mais longe e encontra lascas de madeira. Lembro-me então de que estamos no cemitério.

Mas o fogo é mais forte do que tudo. Destrói a consciência; arrasto-me mais profundamente sob o caixão, ele deve proteger-me mesmo que a própria Morte esteja deitada nele.

À minha frente, abre-se uma cratera. Abarco-a com os olhos como se fosse com as mãos, preciso entrar nela de um só salto. Sinto algo no rosto, uma mão que agarra meu ombro... será que o morto ressuscitou? A mão me sacode, viro a cabeça e, na luz tênue, reconheço Katczinsky: tem a boca aberta, e berra. Não escuto nada, ele me sacode, aproxima-se e, num momento de menos barulho, sua voz me alcança:

– Gás... Gáas... Gáaaas! Avise aos outros!...

Pego o estojo com as máscaras antigas. Junto a mim, há alguém estendido. Não penso em mais nada; é preciso que ele também saiba:

– É o gás!... Gáaas!...

Chamo-o; aproximo-me e agito o estojo no ar para ele... Não compreende. Repito o gesto e as palavras, ele só pensa em encolher-se... é um recruta. Desesperado, olho para Kat; já colocou a máscara... tiro a minha rapidamente, o capacete cai, a máscara desliza pelo meu rosto. Chego até o homem; seu estojo está junto a mim. Pego a máscara, empurro-a por sobre sua cabeça e ele a segura... eu o abandono e, com um salto, atiro-me para dentro do buraco.

O estampido surdo das granadas de gás mistura-se à detonação dos projéteis explosivos. Uma campainha soa entre as explosões; gongos e matracas de metal avisam em todo lugar: "Gás... Gáas... Gáaaas".

Atrás de mim, alguma coisa cai, uma, duas vezes. Limpo os óculos de minha máscara para tirar o vapor da respiração. Vejo Kat, Kropp e mais alguém. Estamos os quatro, numa expectativa tensa, à espreita, respirando o mais levemente possível.

Os primeiros minutos com a máscara decidem sobre a vida ou a morte: toda a questão reside em saber se será impermeável. Evoco as imagens terríveis do hospital: homens atingidos pelo gás que, durante dias seguidos, vomitam, pouco a pouco, os pulmões queimados.

Respiro com cuidado, a boca apertada contra a válvula. Agora, o lençol de gás atinge o chão e insinua-se em todas as depressões. Como uma medusa enorme e flácida, espalha-se por todos os cantos ao penetrar em nossas trincheiras.

Dou um empurrão em Kat: é melhor arrastar-se para fora e deitar lá em cima, em lugar de ficar aqui, onde o gás se acumula. No entanto, não chegamos a sair, pois começa uma nova saraivada de fogo. Não parecem granadas a ecoar; é como se a própria Terra enfurecida clamasse.

Com um estrondo, qualquer coisa escura cai a pouca distância de nós; é um caixão que fora atirado para o alto.

Vejo Kat mover-se na direção do objeto e rastejo até lá. O caixão caiu em cima do braço estendido do quarto homem da nossa cratera. Com a outra mão, tenta arrancar a máscara contra gás. Kropp agarra-o nesse momento, torce seu braço firmemente e o mantém assim.

Kat e eu começamos a tentar liberar o braço ferido. A tampa do caixão está solta e quebrada; é fácil arrancá-la; o morto, nós o retiramos: ele cai no chão como um saco. Depois, soltamos a parte inferior do caixão.

Felizmente, o soldado perde os sentidos, e, assim, Albert pode ajudar-nos. Agora, não precisamos tomar tanto cuidado e, com o auxílio das pás, trabalhamos até o caixão ceder.

A claridade aumentou. Kat agarra um pedaço da tampa, coloca-o embaixo do braço esmagado, e o enrolamos com todas as nossas ataduras dos estojos portáteis. Agora, nada mais podemos fazer.

Minha cabeça, enfiada na máscara, quase estoura de zumbidos. Os pulmões estão cansados, não têm para respirar senão o mesmo ar quente e viciado. As veias da testa e das frontes ficam intumescidas e a gente se sente sufocar.

Uma luz cinzenta filtra-se até nós. O vento varre o cemitério. Arrasto-me até a beirada da cova. Na claridade turva do amanhecer, distingo uma perna arrancada, a bota está em perfeito estado; vejo tudo isto de uma maneira muito precisa, instantaneamente. Mas agora, alguns metros adiante, alguém se levanta. Limpo os vidros da máscara, que logo ficam embaçados devido à rapidez com que respiro. Fixo os olhos com toda atenção: o homem não está mais usando a máscara.

Espero mais alguns segundos: ele continua de pé, no mesmo lugar, olha à sua volta como se procurasse algo, dá alguns passos. O vento espalhou o gás, o ar está limpo. Eu também arranco a máscara, vivamente, e caio no chão. Como água fria, o ar circula violentamente dentro de mim, os olhos me parecem querer saltar das órbitas. A onda de ar me inunda e turva a visão.

O bombardeio acabou. Volto na direção da cratera e faço sinal para os outros, que saem arrancando, também, as máscaras. Pegamos o ferido; um de nós segura o braço entalado. E, assim, afastamo-nos depressa aos tropeções.

O cemitério é um campo de ruínas. Caixões e cadáveres estão espalhados por toda parte. É como se tivessem sido mortos novamente, mas cada um dos que foram feitos em pedaços salvou a vida de um de nós.

O gradil do cemitério foi destruído; os trilhos da estrada de ferro militar, que passam na área, foram arrancados e erguem-se retorcidos, no ar. À nossa frente, há alguém estendido no chão. Paramos, e só Kropp continua a andar com o ferido.

O que está por terra é um recruta. O quadril sangra-lhe abundantemente; ele está tão esgotado, que pego meu cantil com rum e chá. Kat me retém e inclina-se sobre ele:

– Onde é que o acertaram, companheiro?

Revira os olhos. Está fraco demais para responder. Cuidadosamente, cortamos sua calça. Começou a gemer.

– Calma, calma, vai melhorar...

Se foi um tiro na barriga, não pode beber nada. Não vomitou, o que é um bom sinal. Descobrimos o seu quadril. É uma só massa de carne, com lascas de osso. A articulação foi atingida – este rapaz nunca mais poderá andar.

Passo o dedo molhado nas têmporas e dou-lhe um gole para beber. Seus olhos animam-se. Só agora percebemos que o braço direito também sangra.

Kat estica duas ataduras largas para cobrir a ferida. Procuro um pano para enrolar por cima. Não temos nada e, por isto, rasgamos mais um pouco a calça do ferido para usarmos o tecido de sua ceroula como atadura. Mas ele não usa ceroulas. Olho-o mais de perto: é o louro de ainda há pouco.

Neste ínterim, Kat descobriu outra gaze no bolso de um morto, e nós a aplicamos cuidadosamente à ferida. Ao rapaz, que nos olha fixamente, digo:

– Vamos apanhar uma padiola.

Então ele abre a boca e murmura:

– Fiquem aqui!

– Voltamos já. Vamos apanhar uma maca para você – responde Kat.

Não conseguimos saber se ele entendeu; choraminga como uma criança quando nós lhe voltamos as costas.

– Não vão embora!

Kat olha em redor e diz, em voz baixa:

– Não seria melhor pegar o revólver e, simplesmente, acabar com tudo?

O rapaz dificilmente suportará o transporte e não viverá mais do que alguns dias. Tudo por que passou até agora não é nada, se comparado ao que irá sofrer até a morte. Por enquanto, ainda está atordoado e nada sente. Em uma hora, será um feixe de dores insuportáveis. Os poucos dias de vida que ainda lhe restam serão para ele uma única e terrível tortura. E quem lucrará com isso?

Concordo com a cabeça:

– Sim, Kat, tem razão.

– Dê-me o revólver – diz ele, parando de andar.

Vejo que já se decidiu. Olhamos à volta, mas não estamos mais sós. Na nossa frente, junta-se um pequeno grupo. Surgem cabeças das trincheiras e dos túmulos.

Vamos apanhar uma maca.

Kat sacode a cabeça:

– Gente tão jovem... Pobres crianças inocentes... – repete.

– Nossas baixas são menores de que se poderia supor: cinco mortos e oito feridos. Foi apenas um breve ataque de artilharia. Dois dos nossos mortos jazem numa das covas abertas, e nosso único trabalho consiste em cobri-las de terra novamente.

Voltamos, caminhando em silêncio, um atrás do outro. Os feridos são transportados para os hospitais de campanha. A manhã está nublada e triste; os enfermeiros agitam-se entre números e fichas; os feridos gemem. Começa a chover.

Uma hora depois, alcançamos nossos caminhões e subimos neles. Agora, há mais lugar que antes.

A chuva aumenta, e esticamos as lonas das barracas para cobrirmos as cabeças. A água tamborila nelas. Os regatos da chuva correm em volta de nós. Os caminhões sacolejam através dos buracos; balançamos de um lado para o outro, sonolentos.

Na frente dos caminhões, dois homens levam longas forquilhas. Prestam atenção aos fios do telefone, que pendem tão baixo pela estrada que poderiam arrancar-nos as cabeças. Os dois homens pegam-nos com as varas bifurcadas e levantam-nos, afastando-os de nós. Escutamos os seus avisos: "Atenção! Fio!", e, na nossa sonolência, abaixamo-nos, e novamente nos endireitamos.

Monotonamente, os caminhões sacolejam; monótonos são os avisos, e monótona cai a chuva. Cai por sobre as nossas cabeças e as dos mortos lá na frente, sobre o corpo do pequeno recruta com o ferimento que é grande demais para o seu quadril; cai na cova de Kemmerich; cai nos nossos corações.

Em algum lugar, há uma explosão. Estremecemos, os olhos abrem-se, despertamos, as mãos já preparadas para saltar do caminhão para as valas ao longo da estrada.

Nada mais, apenas os avisos monótonos: "Atenção! Fio!"; abaixamo-nos e voltamos a cochilar.

5

Matar um piolho de cada vez não é fácil quando os temos às centenas. Os bichinhos são duros, e esborrachá-los sempre com as unhas é cansativo. Por isso, Tjaden fixou a tampa de uma lata de graxa de sapatos com um arame, em cima de toco de vela acesa. Basta jogar os piolhos nessa panelinha: um estalo, e estão liquidados.

Sentamo-nos todos em círculo, as camisas sobre os joelhos, a parte superior do corpo completamente nua no ar quente, e as mãos ocupadas.

Haie tem um tipo especial de piolho, com uma cruz vermelha na cabeça. Por isso, ele afirma que os trouxe do hospital militar de Thourhout; teriam sido propriedade particular de um médico do Estado-Maior. Segundo afirma, pretende utilizar a gordura que está se juntando lentamente na tampa para engraxar as botas, e durante meia hora rola de tanto rir com essa piada.

Mas hoje não tem muita sorte, pois há outra coisa que nos preocupa em excesso. O boato transformou-se em verdade: Himmelstoss está aqui. Chegou ontem, já ouvimos sua voz tão conhecida. Parece que na retaguarda exagerou nos maus-tratos para com uns jovens recrutas nos campos recém-arados. Sem que se soubesse, um deles era filho do prefeito, e, assim, caiu em desgraça.

Aqui, ele vai se espantar. Tjaden passa em revista, discutindo, há horas, todas as maneiras de responder-lhe. Haie olha, pensativo, para suas grandes mãos e me dá uma piscadela. Aquela surra foi o ponto alto de sua vida: contou-me que, às vezes, ainda sonha com isto.

Kropp e Müller conversam. Kropp foi o único que conseguiu uma marmita cheia de lentilhas, provavelmente da cozinha dos sapadores. Müller olha de soslaio, ávido, mas domina-se e pergunta:

– Albert, o que você faria se houvesse paz de repente?
– Não há paz! – afirma Albert, lacônico.
– Mas – insiste Müller – o que faria se houvesse?
– Daria o fora! – resmunga Kropp.
– Claro, e depois?
– Tomaria um pileque – diz Albert.
– Não seja imbecil, estou falando a sério...
– Eu também – diz Albert. – Que mais se pode fazer?

Kat interessa-se pelo assunto. Pede a Kropp uma parte das lentilhas; recebe-a, reflete durante algum tempo e conclui:

– Bem, poderia tomar um pileque, mas em seguida pegaria o próximo trem... e daí então para a mamãe... para a gente... a paz, Albert, meu Deus!

Remexe a sua carteira de oleado até achar uma fotografia e mostra-a orgulhosamente:

– É a minha velha!

Então, guarda-a de novo e resmunga:

– Maldita guerra!
– Você não pode reclamar – digo. – Tem o seu garoto e a sua mulher.
– Está certo – concorda –, e preciso cuidar para que tenham o que comer.

Rimos.

– Lá não vai faltar comida, Kat, pois isso você arranjaria de qualquer jeito.

Müller nunca se dá por satisfeito. Desperta Haie Westhus do seu sonho de pancadarias.

– Haie, que faria se houvesse paz agora?
– Ele deveria dar-lhe um bom pontapé no rabo por ficar por aí falando essas coisas – digo. – Como acontece isso?
– Como é que merda de vaca chega ao telhado? – pergunta Müller, lacônico, e vira-se para Haie, balançando a cabeça cheia de sardas.
– Você quer dizer: quando não houver mais guerra?

— Exato, é isso mesmo!

— Bem, então haveria novamente mulheres, não é? — Haie lambe os beiços.

— É claro!

— Ah, meu Deus — diz Haie, e seu rosto começa a iluminar-se. — Aí eu agarraria uma coisa robusta assim, uma cozinheira boa, sabe, com bastante coisa para segurar, e nada mais a não ser... cama! Imaginem só, camas de verdade com edredons e colchões; meus filhos, durante oito dias garanto que não vestiria uma calça!

Todos silenciam. A imagem é por demais maravilhosa. Arrepios correm pela nossa pele. Por fim, Müller recupera-se e pergunta:

— E depois?

Faz-se uma longa pausa. Em seguida, Haie explica, um tanto confuso:

— Se eu fosse cabo, ficaria com os prussianos e me alistaria de novo.

— Haie, acho que tem um parafuso a menos — digo.

Ele responde, perguntando bem-humorado:

— Você já trabalhou na turfa? Experimente só uma vez.

Com isso, tira sua colher do cano da bota e mergulha-a na marmita de Albert.

— Não pode ser pior do que cavar trincheiras — respondo.

Haie mastiga e sorri:

— Mas dura mais tempo! E também não se pode dar baixa.

— Mas em casa é melhor, meu velho.

— Mais ou menos — diz ele, e põe-se, de boca aberta, a meditar.

Lê-se em suas feições o que está pensando: lá, sou um velho operário turfeiro, há um trabalho duro a executar, no calor da charneca, de manhã cedo até a noite; lá o salário é magro, a roupa suja.

— Em tempo de paz, não há preocupações na tropa — declara ele. — Todos os dias, você recebe a sua boia, senão cria um caso; tem cama e roupa lavada de oito em oito dias, como um cavalheiro refinado; faz o seu serviço de cabo; tem seu bom uniforme; à noite, você é um homem livre e pode sair para tomar um trago...

Haie está excepcionalmente orgulhoso de sua ideia. Apaixonou-se por ela.

– E quando tiver terminado os seus doze anos, recebe o certificado, vai ser guarda-civil numa aldeia qualquer e pode passear o dia inteiro.

Essa imagem torna-o, agora, exaltado:

– Imagine você, então, como todo mundo vai tratá-lo. Um conhaque aqui, outro lá: todos querem estar bem com o guarda.

– Mas você nunca chega a cabo, Haie – Kat objeta.

Haie olha-o, perplexo e cala-se. Nos seus pensamentos, certamente desfilam as noites claras de outono, os domingos no campo, os sinos do vilarejo, as tardes e as noites com as empregadas, as panquecas com grandes pedaços de toucinho, as horas despreocupadas de conversa, com o caneco na mão...

Todos esses devaneios confundem-no, levando-o, por fim, a resmungar, irritado:

– Que perguntas idiotas vocês arranjam!

Puxa a camisa por cima da cabeça e abotoa a farda.

– E você, o que faria, Tjaden? – interroga Kropp.

Tjaden só pensa numa coisa.

– Tomar cuidado para que Himmelstoss não me escape.

Parece que seu ideal seria mantê-lo numa jaula e todas as manhãs dar-lhe uma surra. Kropp entusiasma-se:

– No seu lugar, eu cuidaria de chegar a tenente. Aí você pode bater nele até o seu rabo arder e pedir socorro.

– E você, Detering – sonda Müller, como um inquisidor. – Daria um bom professor com as suas perguntas.

Detering é avarento com as palavras. Mas, dessa vez, responde. Olha para cima e diz apenas uma frase:

– Chegaria justamente na hora da colheita.

E, com isso, levanta-se e nos deixa.

Está preocupado. Sua mulher tem que tratar do sítio; como se isso não bastasse, já lhe requisitaram dois cavalos. Todos os dias, lê os jornais que encontra para saber se não está chovendo lá no seu cantinho de Oldenburg. Se chover, não dá para recolher o feno.

Nesse momento, aparece Himmelstoss. Dirige-se diretamente para o nosso grupo. O rosto de Tjaden fica vermelho. Estende-se na grama e fecha os olhos, de tanta excitação.

Himmelstoss mostra-se um pouco indeciso, anda mais devagar; contudo, marcha até nós. Ninguém faz menção de se levantar. Kropp olha-o, interessado e curioso.

Já está na nossa frente, esperando. Como ninguém diz nada, arrisca um "então, o que há?".

Passam-se alguns segundos. Com certeza, Himmelstoss não sabe que atitude tomar. Claro que o ideal seria fazer-nos sentir sua autoridade. No entanto, parece já ter aprendido que a frente não é nenhum quartel. Tenta de novo, e, dirigindo-se a um só, e não a todos, espera obter alguma resposta.

Kropp é o mais próximo, e, por isso, recebe a honra da pergunta:

– Ora, você também por aqui?

Mas Albert, que não é nenhum amigo seu, responde, secamente:

– Pelo menos, há muito mais tempo que o senhor.

O bigode ruivo estremece.

– Não me reconhecem mais, não é?

Agora Tjaden abre os olhos.

– Eu reconheço.

Himmelstoss vira-se para ele.

– É Tjaden, não?

Tjaden levanta a cabeça:

– E sabe quem você é?

Himmelstoss está desconcertado.

– Desde quando nos tratamos por você? Nunca dormimos juntos!

Decididamente, não sabe como agir nessa situação. Não esperava por essa inimizade aberta. Mas, por enquanto, espera com cautela; certamente, alguém já lhe contou sobre os famosos tiros dados pelas costas.

Tjaden, depois do "nunca dormimos juntos", torna-se quase espirituoso e responde:

— Não, você estava lá com outro.

Agora, é Himmelstoss quem fica furioso. Mas Tjaden apressa-se e toma-lhe a dianteira. Tem que pôr tudo em pratos limpos.

— Você quer saber o que você é? É um bom filho da puta, isto é o que você é! Já há muito tempo que queria lhe dizer isso.

A satisfação há tantos meses ansiada ilumina-lhe os olhos foscos e suínos, enquanto ressoa o "filho da puta".

Agora, é Himmelstoss quem perde a cabeça!

— Que é que você quer, monte de esterco, turfeiro imundo? Levante-se, ponha-se em posição de sentido; está falando a um superior!

Tjaden, com um gesto majestoso, atira-lhe um:

— "À vontade, Himmelstoss. Pode retirar-se!"

Himmelstoss torna-se a personificação enraivecida do regulamento militar. Nem o próprio Kaiser se sentiria mais profundamente insultado. Ele esbraveja:

— Tjaden, como seu superior, ordeno-lhe que se levante!

— Deseja mais alguma coisa? – indaga Tjaden.

— Vai cumprir minha ordem ou não?

Tjaden, sereno e categórico, sem o saber, responde com uma conhecida citação clássica, ao mesmo tempo que lhe dá as costas e mostra-lhe a bunda.

Himmelstoss, tempestuosamente, retira-se, gritando:

— A Corte Marcial é quem vai resolver o seu caso!

Vêmo-lo desaparecer em direção à secretaria.

Haie e Tjaden irrompem numa estrondosa gargalhada.

Haie ri tanto que desloca o queixo, e, de repente, lá está ele, desamparado, de boca aberta, sem conseguir fechá-la. Albert é obrigado a colocá-lo no lugar com um murro.

Kat está preocupado.

— Se ele o denunciar, o negócio vai ser feio.

— Você acha que ele o fará? – pergunta Tjaden.

— Não tenho a menor dúvida – digo.

— O mínimo que você pega são cinco dias de cadeia – declara Kat.

Isso não assusta Tjaden.

– Cinco dias de cadeia são cinco dias de descanso.

– E se o mandarem para o forte? – indaga Müller, que sempre se aprofunda nos problemas.

– Enquanto eu estiver lá, não haverá guerra para mim.

Tjaden nasceu com boa estrela. Para ele, não existem preocupações. Afasta-se com Haie e Leer, para não ser descoberto na primeira busca, no primeiro momento de irritação.

Müller ainda não terminou sua série de perguntas. Dirige-se novamente a Kropp:

– Albert, se você fosse para casa de verdade, o que faria?

Kropp está agora com a barriga cheia, por isso, mais tratável.

– Quantos da nossa turma estão ainda na guerra?

Fazemos as contas: éramos vinte, sete estão mortos, quatro feridos, um no manicômio. Restam, portanto, oito homens.

– Três são tenentes – lembra Müller. – Acha que deixariam Kantorek dominá-los?

– Achamos que não: nós não deixaríamos que nos dissessem desaforos, quanto mais eles!

– O que acha dos três temas dramáticos simultâneos de *Guilherme Tell*? – pergunta Kropp, lembrando-se subitamente dos tempos de colégio, e ri às gargalhadas.

– Quais eram os objetivos da Liga Poética de Goettingen? – pergunta Müller, também subitamente muito severo.

– Quantos filhos tinha Carlos, o Calvo? – indago calmamente.

– O senhor nunca será nada na vida, Bäumer – resmunga Müller.

– Quando foi travada a batalha de Zama? – quer saber Kropp.

– O senhor não tem seriedade intelectual, Kropp; nota: menos três – interrompo, fazendo um sinal com a mão.

– Quais os problemas de Estado que Licurgo considerava mais importantes? – indaga Müller, fingindo ajeitar um *pince-nez*.

– Como se deve dizer: nós, alemães, tememos a Deus e mais ninguém no mundo, ou nós, alemães... convido-os à reflexão.

– Quantos habitantes tem Melbourne? – pergunta Müller, com uma voz sussurrante.

– Como poderá subir na vida, se o senhor não sabe isso? – pergunto, indignado, a Albert.

– Que se entende por "coesão"? – interroga este último, triunfante.

De toda aquela arenga, pouco ou quase nada sabemos. Também não nos serviu para nada. Mas na escola ninguém nos ensinou a acender um cigarro na chuva ou na tempestade de vento, nem a preparar uma fogueira com madeira molhada, nem que é melhor enfiar uma baioneta na barriga, porque lá ela não fica presa como nas costelas.

Pensativo, Müller diz:

– Não adianta: teremos de nos sentar de novo nos bancos do colégio.

Acho isso impossível e observo:

– Talvez possamos fazer um exame especial.

– Para isto, precisa-se de preparo. E, mesmo que seja aprovado, de que vai lhe adiantar? Nada melhor do que ser estudante. Mas, se não tiver dinheiro, vai ter que meter a cara no trabalho.

– É um pouco melhor. Mas não deixa de ser besteira tudo que eles nos fizeram engolir na escola.

Kropp adere à nossa opinião.

– Como é que se pode levar tudo aquilo a sério, quando se está aqui na frente?

– Mas é preciso ter uma profissão – intervém Müller, como se fosse o próprio Kantorek.

Albert limpa as unhas com uma faca. Estamos admirados com este requinte, mas é apenas a sua maneira de refletir. Ele guarda a faca e prossegue:

– Mas é isto mesmo. Kat, Detering e Haie retomarão suas profissões, porque já as tinham antes da guerra. Himmelstoss também. Mas nós não tínhamos nenhuma ocupação. Como poderemos depois disto aqui (aponta para o front) acostumarmo-nos a uma profissão?

– A gente devia viver de rendas e poder morar sozinho numa floresta – digo, mas logo me sinto envergonhado dessa ideia absurda.

– Mas como vai ser, na verdade, quando voltarmos? – pergunta Müller, e até mesmo ele está perturbado.

Kropp dá de ombros:

– Não sei. Primeiro vamos regressar, e depois veremos. Estamos todos confusos.

– Que poderíamos fazer? – pergunto.

– Não quero fazer nada – responde Kropp, cansado. – Um belo dia, vamos morrer de qualquer jeito; então, que diferença faz? Não acredito que escapemos vivos desta.

– Quando penso nisto, Albert – digo depois de algum tempo e rolo de costas –, tenho vontade de fazer alguma coisa grandiosa, quando ouço a palavra "paz" tal e qual me subisse à cabeça. Alguma coisa, sabe, que justificasse ter ficado aqui nesta porcaria. Só que não consigo imaginar nada. Todas as possibilidades que vejo neste negócio de profissão, de estudo, de salário etc. me enojam, porque é sempre a mesma coisa... Não encontro nada, Albert – não vejo nada.

De repente tudo me parece inútil e desesperado.

Kropp também está pensativo.

– De qualquer maneira, vai ser difícil para nós. Será que lá em casa eles não se preocupam, às vezes, com isto? Dois anos de tiros e granadas... não é algo que se pode despir, como uma roupa.

Concordamos que acontece o mesmo a todos; não é só a nós, que estamos aqui, mas a todos os outros, todos os da nossa época; mais para uns, menos para outros, pouco importa. É o destino comum da nossa geração.

Albert exprime muito bem o que pensamos:

– A guerra arrumou-nos para tudo.

Ele tem razão. Não somos mais a juventude. Não queremos mais conquistar o mundo. Somos fugitivos. Fugimos de nós mesmos e de nossas vidas. Tínhamos dezoito anos e estávamos começando a amar a vida e o mundo e fomos obrigados a atirar neles e destruí-los. A primeira bomba, a primeira granada, explodiu em nossos corações. Estamos isolados dos que trabalham, da atividade, da ambição, do progresso. Não acreditamos mais nessas coisas; só acreditamos na guerra.

A secretaria da Companhia se agita. Sem dúvida, Himmelstoss movimentou-se. À frente da coluna, marcha o gordo sargento. É engraçado, mas quase todos os sargentos de carreira são gordos.

Atrás dele vem Himmelstoss, sedento de vingança. Suas botas brilham ao sol...

Levantamo-nos. O sargento, esbaforido, pergunta:

– Onde está Tjaden?

É claro que ninguém responde, Himmelstoss lança-nos um olhar furioso.

– Vamos acabar com isto: vocês sabem e não querem dizer. Vamos, comecem a falar!

O sargento olha à volta, procurando; não se vê Tjaden em lugar algum.

Então, recorre a outro sistema.

– Dentro de dez minutos, Tjaden tem de se apresentar na secretaria.

Com isto, afasta-se, com Himmelstoss nos seus calcanhares.

– Tenho a impressão de que na próxima vez deixarei cair um rolo de arame farpado nas pernas de Himmelstoss – sugere Kropp.

– Ainda vamos nos divertir muito à custa dele – diz Müller, rindo.

Esta é a nossa única ambição: combater as ideias de um carteiro.

Vou para a barraca e aviso a Tjaden que desapareça.

Então, mudamos de lugar e sentamo-nos novamente para jogar cartas, pois isto nós sabemos fazer: jogar baralho, praguejar, fazer a guerra. Não é muito para quem tem vinte anos... e, no entanto, já é demais para esta idade.

Depois de meia hora, Himmelstoss reaparece. Ninguém lhe dá atenção. Pergunta por Tjaden. Damos de ombros.

– Mas vocês receberam ordens de procurá-lo – insiste.

– Por que "vocês"? – quer saber Kropp.

– Sim, vocês, vocês que estão aqui.

— Gostaria de pedir ao senhor que não nos tratasse de "vocês" — diz Kropp, como um coronel.

Himmelstoss cai das nuvens.

— Quem disse "vocês"?
— O senhor!
— Eu?
— Sim.

O seu cérebro trabalha. Olha para Kropp, desconfiado, porque não tem a menor ideia do que quer dizer. Contudo, não se atreve muito, e recomeça com certo cuidado.

— Então, não o encontraram?

Kropp deita-se na grama e pergunta:

— O senhor já esteve nas trincheiras?
— Não é da sua conta — declara Himmelstoss. — Exijo uma resposta.
— Está certo — retruca Kropp, levantando-se. — Olhe para aquelas nuvenzinhas. São os antiaéreos ingleses. Ontem estivemos lá. Cinco mortos, oito feridos. Foi muito divertido. Da próxima vez, quando o senhor for conosco, todos os soldados, antes de morrerem, aproximar-se-ão, baterão continência e perguntarão: "Por favor, pode me dar licença para que me retire? Dá licença de esticar as canelas?". Estávamos aqui esperando justamente por gente como o senhor!

Senta-se de novo, e Himmelstoss desaparece como um foguete.

— Três dias de prisão — diz Kat.

As consequências não tardam, e, à noite, na hora da chamada há um interrogatório. Nosso tenente, Bertink, está sentado na secretaria e vai chamando um por um.

Eu também tenho que depor como testemunha, e explico por que Tjaden se rebelou. A história de urinar na cama impressiona bastante. Himmelstoss é chamado e repito meu depoimento diante dele.

— Isto é verdade? — pergunta Bertink a Himmelstoss.

Este se torce todo, mas, finalmente, após muitas evasivas, é obrigado a confessar, uma vez que Kropp confirma o meu depoimento.

– Por que ninguém apresentou queixa na época? – pergunta Bertink.

Silenciamos; ele mesmo deve saber o efeito que tem uma queixa na vida militar. Existe o direito de reclamar no quartel? Com certeza, ele compreende, e, energicamente, censura Himmelstoss, explicando-lhe que a frente não é nenhuma parada. Depois, é a vez de Tjaden, que recebe um sermão mais longo e três dias de prisão. A Kropp, com uma piscadela, ele dá um dia de cadeia.

– Não há nada que se possa fazer – diz-lhe pesaroso.

É um bom sujeito.

A prisão é bastante agradável: instalaram-na num antigo galinheiro; lá, os dois podem receber visitas; sabemos como fazê-lo. Antigamente, éramos amarrados a uma árvore, mas agora isso é proibido. Às vezes, somos tratados como seres humanos.

Uma hora depois de Kropp e Tjaden terem se acomodado atrás de suas grades de arame farpado, vamos visitá-los. Tjaden recebe-nos com um sonoro có-có-ró-có. Então, jogamos cartas até alta noite. Naturalmente, Tjaden ganha, o sem-vergonha!

Ao nos despedirmos, Kat me pergunta:

– Que acha de um ganso assado?

– Nada mal – respondo.

Subimos num caminhão de munição. A viagem custa-nos dois cigarros. Kat anotou com precisão o lugar onde está o ganso. O estábulo pertence ao Estado-Maior do regimento. Concordo em ir buscar o ganso e peço instruções com respeito ao modo de agir. O estábulo fica por trás de um muro, fechado apenas com uma tranca.

Kat junta as mãos, apoio nelas o pé e pulo por cima do muro. Kat fica de sentinela.

Durante alguns minutos, fico imóvel para acostumar os olhos à escuridão. Reconheço, então, o estábulo. De leve, arrasto-me para perto dele, tateio até levantar a tranca e abro a porta.

Consigo distinguir duas manchas brancas. São dois gansos; isto dificulta tudo, pois quando se pega um o outro começa a grasnar. Então... vão ser os dois: se agir depressa, dará certo. De um salto, atiro-me em cima deles. Agarro logo um, um momento depois, o outro. Como um louco bato com suas cabeças na parede para atordoá-los. Mas parece que não faço com bastante força. Os animais debatem-se, agitando asas e patas. Luto desesperadamente, mas que diabo de força tem um ganso! Eles puxam tanto que chego a cambalear. No escuro, estas manchas brancas são algo de horrível, é como se meus braços tivessem criado asas, quase chego a ter medo de subir para o céu, como se tivesse balões cativos nas mãos.

Então, começa o barulho: uma das gargantas pegou um pouco de ar e dispara como um despertador. De repente, ouço um ruído de patas, recebo um golpe, caio estendido no chão e ouço um rosnar furioso. É um cachorro. Arrisco um olhar para o lado, e ele tenta abocanhar-me o pescoço. Imediatamente, fico imóvel e meto o pescoço para dentro da gola da farda.

É um buldogue. Depois de uma eternidade, afasta a cabeça e senta-se a meu lado. Mas, logo que esboço o menor movimento, ele rosna. O único recurso é tentar pegar meu pequeno revólver. Preciso fugir daqui de qualquer maneira, antes que chegue alguém. Centímetro por centímetro, desloco a mão para o lugar onde guardo a arma. Tenho a impressão de que isso leva horas. O menor movimento é seguido de um rosnar terrível; imobilizo-me e logo recomeço. Quando, por fim, consigo pegar o revólver, minha mão começa a tremer. Apoio-a no chão e preparo-me mentalmente para o que devo fazer: apontar o revólver, atirar antes de ele atacar e sair correndo para pular o muro.

Respiro devagar e fico mais calmo. Então, prendo a respiração, levanto o revólver para o alto, o tiro parte e o cão cai pesadamente para o lado, uivando; alcanço a porta do estábulo e tropeço num dos malditos gansos que tinha escapulido.

Na corrida, ainda o agarro com força, atirando-o por cima do muro, e salto em seguida. Mal chego lá em cima, quando o cão se reanima e novamente atira-se a mim. Rapidamente, deixo-me cair. Dez passos à frente está Kat com o ganso debaixo do braço. Logo que me vê, desatamos a correr.

Finalmente, podemos descansar: o ganso está morto. Kat cuidou disto num instante. Queremos assá-lo logo, para ninguém dar pela coisa. Apanho uma panela e lenha da barraca e arrastamo-nos para um pequeno alpendre abandonado, que utilizamos para estes fins.

Calafetamos bem a única janela existente. Há uma espécie de lareira com chapa de ferro sobre tijolos. Acendemos o fogo.

Kat depena e prepara o ganso. Colocamos as penas cuidadosamente de lado. Com elas, pretendemos fazer pequenos travesseiros com os dizeres: "Descansem em paz sob o bombardeio".

Os tiros de artilharia da linha de frente zunem por cima do nosso esconderijo. O clarão do fogo ilumina nossos rostos; sombras dançam nas paredes. Às vezes, ouve-se um estampido surdo, e a casinhola estremece. São bombas aéreas lançadas por aviões. Ouvimos gritos abafados, de uma vez. Provavelmente acertaram numa barraca.

Os aviões roncam; o matraquear das metralhadoras aumenta. Mas aqui do nosso abrigo não escapa nenhuma luz que possa servir de alvo.

Estamos sentados um em frente ao outro, Kat e eu, dois soldados de fardas surradas que assam um ganso no meio da noite. Não falamos muito, mas estamos cheios de uma terna consideração recíproca que, me parece, poderia ser a dos namorados. Somos dois seres humanos, duas minúsculas centelhas de vida; lá fora, estão a noite e o círculo da morte. Estamos sentados no seu limiar, em perigo e, ao mesmo tempo, protegidos; das nossas mãos escorre gordura, nossos corações estão juntos, e a hora que vivemos, como este lugar, está iluminada por um foco suave que faz dançarem as luzes e as sombras dos sentimentos. Que sabe ele de mim... e que sei eu dele? Ontem, nenhum de nossos pensamentos tinha qualquer ponto em comum... agora, estamos aqui, sentados diante de um ganso, sentindo-nos como um único ser, e tão próximos um do outro que nem queremos falar.

Assar um ganso demora muito, mesmo quando é novo e gordo. Por isto, revezamo-nos. Um de nós rega-o de gordura, enquanto o outro dorme. Um aroma celeste vai, aos poucos, espalhando-se pelo alpendre.

Os ruídos externos aumentam, formando uma espécie de sonho, no qual não se perde de todo a memória. Numa semi-inconsciência, vejo Kat levantar e baixar a colher. Gosto deste sujeito, chego a amar seus ombros, sua silhueta angulosa e curvada... Ao mesmo tempo, vejo por trás dele florestas e estrelas, e uma voz boa me diz palavras que me tranquilizam, a mim, um soldado pequeno, sob o céu muito alto; um soldado que segue o seu caminho, com suas grandes botas, o seu cinturão e sua mochila, que esquece depressa, e raras vezes fica triste; que avança sempre sob o grande céu da noite.

Um pequeno soldado e uma boa voz; se alguém o acariciasse, talvez já não o compreendesse, este soldado com as grandes botas e o coração endurecido, que marcha porque usa botas e porque se esqueceu de tudo – só sabe marchar.

Para além do horizonte, há flores e uma paisagem tão tranquila que gostaria de chorar, o pequeno soldado. Lá, há imagens que ele não esqueceu, porque nunca as possuiu – são perturbadoras, mas estão perdidas para ele. Não é lá que estão seus vinte anos?

Meu rosto está molhado? Pergunto-me onde estou. Vejo Kat à minha frente; sua gigantesca sombra, toda recurvada, inclina-se sobre mim, como se fosse uma imagem da terra natal. Ele fala mansamente, sorri e volta à fogueira. Depois, pergunta:

– Está pronto?
– Sim, Kat.

Saio do meu torpor. No meio do alpendre, brilha o ganso já dourado. Apanhamos nossos garfos dobráveis e nossos canivetes, e cada um corta uma coxa; nós as comemos com pão, embebido no molho. Comemos devagar, saboreando.

– Está gostando, Kat?
– Muito! E você?
– Está ótimo, Kat.

Somos irmãos e oferecemos um ao outro os melhores pedaços. Depois, fumo um cigarro, e Kat, um charuto. Ainda sobrou muito.

– Que acha, Kat, de levarmos um pedaço para Kropp e Tjaden?
– Apoiado – responde.

Cortamos uns pedaços e, cuidadosamente, os embrulhamos em jornal. Decidimos levar o resto para a barraca, mas Kat ri e diz somente "Tjaden".

Compreendo: temos de levar tudo. Assim, seguimos até o galinheiro para acordar os dois. Antes, porém, guardamos as penas.

Kropp e Tjaden tomam-nos por fadas encantadas. Então, começam a dar trabalho aos dentes. Tjaden tem nas mãos uma asa, que leva à boca, como uma gaita; ele sorve a gordura da panela e diz, estalando a língua:

– Nunca mais vou esquecer estes momentos.

Voltamos para nossa barraca. Lá está de novo o céu recoberto de estrelas e a alvorada que desponta, e eu caminho sob esse céu, um soldado de grandes botas e de barriga cheia, um pequeno soldado perdido na madrugada... mas, ao meu lado, curvado e anguloso, caminha Kat, meu companheiro.

Os contornos das barracas vêm até nós, na aurora, como um sono negro e profundo.

6

Fala-se numa ofensiva. Vamos para o front dois dias antes do que fora previsto. No caminho, passamos por uma escola destruída pelas granadas. Ao longo de sua extensão forma-se um muro alto de pilhas duplas de caixões claros e novos, sem polimento. Ainda cheiram a resina, a pinheiros e a floresta. São, pelo menos, cem.

– Eles preveem tudo para a ofensiva – diz Müller, admirado.
– São para nós – resmunga Detering.
– Não diga asneiras – protesta Kat, com irritação.
– Pode se dar por muito feliz se conseguir um caixão – sorri Tjaden. – Para esse seu corpo de boneco de tiro ao alvo, arranjarão apenas uma lona, se tiver sorte.

Os outros também fazem piadas, piadas de mau gosto, mas que outra coisa poderíamos fazer? Os caixões são realmente para nós. Nestas coisas a organização é perfeita.

Por toda parte, a frente de batalha ferve. Na primeira noite, tentamos nos orientar. Como tudo está relativamente tranquilo, podemos ouvir os transportes rolarem atrás da linha de frente do inimigo, sem parar, até o amanhecer. Kat diz que eles não estão em retirada, mas que trazem tropas, munições e canhões.

A artilharia inglesa recebeu reforços, ouvimos isso imediatamente. À direita de uma fazenda, há pelo menos quatro baterias de 205, e atrás dos choupos instalaram lança-minas. Também há muitos daqueles monstros franceses, que chamamos de morteiros de trincheira. Nosso estado de espírito é o pior possível: depois de estarmos duas horas nos abrigos, começam a chover tiros de nossas próprias tropas na trincheira. É a terceira vez que isto acontece, em quatro semanas. Se fosse só erro de pontaria, ninguém diria nada, mas a verdade é que os tubos dos canhões estão gastos demais; isso torna os tiros tão irregulares, que, muitas vezes, atingem nosso próprio setor. Esta noite, temos dois feridos por causa disto.

A frente é uma jaula, dentro da qual a gente tem de esperar nervosamente os acontecimentos. Estamos deitados sob a rede formada pelos arcos das granadas, e vivemos na tensão da incerteza. Acima de nós, paira a fatalidade. Quando vem um tiro, posso apenas esquivar-me e mais nada; não posso adivinhar exatamente onde vai cair, nem influir em sua trajetória.

É este acaso que nos torna indiferentes. Há alguns meses, eu estava sentado num abrigo jogando cartas; muito tempo depois, levantei-me e fui visitar uns amigos que estavam em outro abrigo. Quando voltei, já não existia o primeiro: fora completamente destruído por uma granada. Voltei ao segundo abrigo e cheguei no exato momento de ajudar a desobstruí-lo, pois, nesse ínterim, também havia sido soterrado.

No abrigo à prova de bombas, depois de dez horas de bombardeio posso ser estraçalhado e posso não sofrer um único arranhão; só o acaso decide se sou atingido ou fico vivo. Cada soldado fica vivo apenas por mil acasos. Mas todo soldado acredita e confia no acaso.

Temos de vigiar nosso pão. Os ratos têm-se multiplicado muito ultimamente, desde que as trincheiras deixaram de ser conservadas. Detering afirma que é um sinal certo de que a coisa vai esquentar.

Os ratos aqui são particularmente repugnantes, pelo seu grande tamanho. É o tipo que se chama "ratazana de cadáver". Têm caras horríveis, malévolas e peladas. Só de ver seus rabos compridos e desnudos nos dá vontade de vomitar.

Parecem muito esfomeados. Já roeram o pão de quase todos. Kropp mete o dele embaixo da cabeça, bem embrulhado num pedaço de lona, mas, mesmo assim, não consegue dormir, porque eles correm por sobre o seu rosto para alcançar o pão. Detering quis ser mais esperto: amarrou um arame fino no teto e pendurou nele o seu pedaço de pão. Durante a noite, quando acendeu a lanterna, viu o arame oscilar de um lado para o outro. Montada no pão, balançava-se uma gorda ratazana.

Até que, finalmente, tomamos uma decisão. Cortamos, cuidadosamente, a parte do pão roída pelos animais; não podemos nos dar ao luxo de jogar fora o pão, porque, neste caso, amanhã nada teríamos para comer.

Colocamos os pedaços cortados no chão, no meio do abrigo, todos juntos. Cada um agarra sua pá e deita-se, vigilante. Detering, Kropp e Kat seguram as lanternas, atentos.

Poucos minutos depois, ouvimos os primeiros ruídos dos ratos mordiscando o pão; esperamos até que aumentem os ruídos das patas: agora devem ser muitos. Então as lanternas brilham, e todos batem como podem nas manchas negras, que se desfazem, guinchando. O resultado é bom. Com as pás, apanhamos os restos dos ratos e os jogamos por cima do parapeito e deitamo-nos novamente, de sentinela.

A caçada é bem-sucedida ainda algumas vezes. Mas, no fim, os animais notam algo, ou sentem cheiro de sangue. Não voltam mais. E, apesar disso, na manhã seguinte os restos de pão não estão mais lá.

No setor vizinho, os ratos atacaram, morderam e roeram dois grandes gatos e um cachorro até matá-los.

No dia seguinte, recebemos queijo holandês: quase um quarto de queijo para cada um. Em parte, é bom, pois o queijo holandês é gostoso...; por outro lado, é um mau indício, pois, para nós, as bolas grandes e vermelhas têm sido, sempre, prenúncio de violentos combates. Nossa desconfiança aumenta quando nos dão aguardente. Por enquanto, bebemos, mas sem grande alegria.

Durante dias, fazemos competição de tiro aos ratos e vagamos de um lado para o outro. Os cartuchos e reservas de granadas de mão aumentam. Nós mesmos inspecionamos as baionetas. Existem algumas que são preparadas com o gume em serra. Quando, do outro lado, eles pegam alguém com isto, massacram-no sem piedade. No setor vizinho, acharam gente nossa com estes fuzis-serra que tiveram os narizes cortados e os olhos arrancados. Depois lhes encheram a boca e o nariz com serragem até sufocarem.

Alguns recrutas ainda têm algumas destas baionetas: nós as fazemos desaparecer e arranjamos algumas do tipo comum para eles.

Na verdade, a baioneta já perdeu praticamente sua importância. Durante o ataque, a moda agora é avançar só com granadas de mão e uma pá. A pá, bem afiada, é uma arma mais leve e mais versátil, pode-se não só aplicá-la por baixo do queixo, mas ainda dar pancadas muito violentas; tem mais impacto, especialmente quando o golpe é oblíquo, entre o ombro e o pescoço, ela desce facilmente até o peito. Às vezes, a baioneta, ao penetrar, fica encravada, e então temos de dar outro golpe forte contra a barriga do inimigo para soltá-la, e enquanto isso pode-se facilmente ser atacado. Além disso, às vezes, a lâmina se parte.

À noite, dão o alarma de gás. Esperamos o ataque, estendidos no chão, com as máscaras colocadas, prontos, no entanto, a arrancá-las logo que apareçam as primeiras sombras.

Amanhece sem que nada aconteça – apenas este rolar incessante, por trás das linhas inimigas, que acaba com os nervos; são trens, trens e mais trens, caminhões e mais caminhões. Que está se concentrando do outro lado? Nossa artilharia dispara sem cessar na sua direção, mas o movimento não acaba, não tem fim.

Temos os rostos cansados e evitamos olhar um para o outro.

– Vai ser igual ao Somme: foram sete dias e sete noites de bombardeio seguido – diz Kat, sombrio.

Desde que estamos aqui, perdeu o bom humor, e isto é mau sinal, pois Kat é um "macaco velho" da frente de batalha e tem um sexto sentido para o perigo. Só Tjaden deleita-se com as boas porções de rum; chega a dizer que talvez voltemos para a retaguarda sem que nada de extraordinário aconteça.

Até parece que podemos acreditar nisto. Os dias sucedem-se sem novidades. À noite, estou sentado num abrigo de sentinela. Acima de mim, os foguetes e paraquedas luminosos sobem e descem flutuando. Cauteloso e tenso, meu coração bate apressadamente. Olho mais uma vez para o mostrador luminoso do meu relógio; os ponteiros não querem avançar. O sono pesa-me nas pálpebras e mexo os dedos dos pés dentro das botas para ficar acordado. Não acontece nada até que somos substituídos, apenas o rolar contínuo do outro lado. Aos poucos, tranquilizamo-nos e jogamos cartas sem parar. Talvez tenhamos sorte.

Durante o dia, a atmosfera está carregada de ameaças. Há um boato de que o inimigo vai apoiar os ataques da artilharia com tanques e aviões. Mas isso nos interessa menos do que o que se comenta sobre os novos lança-chamas.

Acordamos no meio da noite. A terra ribomba. Por cima de nós um terrível bombardeio.

Agachamo-nos pelos cantos. Conseguimos distinguir projéteis de todos os calibres.

Cada um apalpa seus pertences para assegurar-se, a todo momento, de que continuam ali, à mão. O abrigo estremece, a noite parece feita de rugidos e clarões. Nos lampejos momentâneos, entreolhamo-nos e, com rostos pálidos e lábios apertados, sacudimos as cabeças.

Todos sentem como na própria carne os projéteis da artilharia pesada destruírem os parapeitos das trincheiras, enterrarem-se nas depressões e despedaçarem os blocos superiores de concreto. Às vezes, o estrondo é mais surdo e mais violento, como uma fera que ruge, quando a granada acerta na trincheira. De manhã, alguns recrutas estão lívidos e vomitam. São ainda muito inexperientes.

Lentamente, uma luz pardacenta e desagradável infiltra-se pelas galerias e torna mais fosco o clarão das granadas que explodem. A manhã chegou. Agora, misturam-se as explosões das minas ao fogo de artilharia. O abalo que produzem é a mais horrível convulsão que existe. O lugar onde arrebentam transforma-se em um único túmulo. As sentinelas são substituídas e os observadores cambaleiam para dentro, cobertos de lama, tremendo.

Um deles deita-se silenciosamente no chão e começa a comer; outro, que veio da reserva, soluça: foi lançado duas vezes por cima do parapeito pelo deslocamento de ar causado pela explosão, sem sofrer nada, além de um choque nervoso.

Os recrutas olham-no. O contágio é rápido, precisamos tomar cuidado, porque vários lábios já começam a crispar-se. É bom que já seja dia; talvez o ataque ocorra ainda esta manhã.

O bombardeio não cede. Estende-se, também, para a nossa retaguarda. Até onde a vista alcança, elevam-se jatos de lama e terra. Uma vasta zona está sendo coberta, assim, pela artilharia.

O ataque não se realiza, mas o bombardeio continua. Aos poucos, vamos ensurdecendo. Quase ninguém fala; aliás, ninguém seria mesmo ouvido.

Nossa trincheira quase desapareceu. Em muitos lugares, tem apenas meio metro de altura; está cheia de buracos, de crateras, de montes de terra. Bem na frente da nossa galeria, explode uma granada. Imediatamente, tudo escurece. Ficamos soterrados e temos de cavar. Uma hora depois, a entrada foi desobstruída, e estamos mais calmos, porque tivemos um trabalho para nos ocupar.

O comandante da nossa companhia vem nos falar, arrastando-se para dentro, e informa que dois abrigos foram destruídos. Os recrutas tranquilizam-se quando o veem. Esta noite – segundo diz – tentarão trazer-nos comida.

É uma notícia reconfortante. Ninguém, exceto Tjaden, pensara nisto. Agora, o mundo exterior parece aproximar-se um pouco de nós; se vão trazer comida, a situação não pode estar tão ruim, pensam os recrutas. Nós os deixamos com as suas ilusões; sabemos que a comida é tão importante quanto a munição, e é somente por isso que vão buscá-la.

Mas não dá certo. Uma segunda turma sai, mas também volta sem nada. Por fim, Kat vai junto, e até mesmo ele retorna de mãos vazias. Ninguém passa, nem um rabo de cachorro é bastante fino para escapar a este fogo.

Apertamos nossos cintos e mastigamos cada bocado três vezes. Mas isto não basta; afinal, temos uma fome miserável. Guardo uma casca de pão na mochila, depois de comer o miolo; de vez em quando, eu a roo um pouco.

A noite está insuportável. Não podemos dormir, nossos olhos fixam-se num ponto de frente. Cabeceamos. Tjaden lamenta que tenhamos desperdiçado nosso pão com os ratos. Deveríamos tê-lo guardado para comê-lo agora. Também a água faz falta, mas, por enquanto, ainda não é grave.

De madrugada, ainda na escuridão, há um tumulto. Pela entrada do abrigo precipita-se uma multidão de ratos que fogem, correndo pela parede acima. As lanternas iluminam a confusão. Todos gritam, praguejam e espancam as ratazanas. Damos vazão à raiva e ao desespero acumulados durante muitas horas e que agora transbordam. Os rostos estão desfigurados, os braços desferem golpes, os animais guincham; paramos a tempo de evitar que uns ataquem os outros.

Esta agitação nos esgotou. Deitamo-nos e voltamos a esperar. É um milagre que a nossa trincheira ainda não tenha sofrido perdas. É um dos poucos abrigos que ainda subsistem.

Um cabo arrasta-se para dentro. Traz consigo um pão. Três soldados tiveram a sorte de conseguir atravessar a linha de fogo à noite e trazer algumas provisões. Contaram que o bombardeio prossegue com a mesma intensidade até as posições da artilharia. É um enigma: de onde os inimigos tiram tantos canhões? Temos que esperar, esperar. Por volta de meio-dia, acontece o que eu temia. Um dos recrutas tem um acesso. Já o vinha observando há tempo, como ele rangia os dentes sem parar, abrindo e fechando os punhos. Conhecemos muito bem esses olhos acuados, esbugalhados. Nas últimas horas, sua calma era apenas aparente. Então, abateu-se dentro de si próprio, como uma árvore podre.

Agora, levanta-se e, sorrateiramente, rasteja pelo abrigo; detém-se por um momento e, depois, esgueira-se para a saída. Viro-me e pergunto:

– Onde vai?

– Volto já – diz e tenta passar por mim.

– Espere mais um pouco, o bombardeio vai diminuir logo.

Seus olhos tornam-se claros e lúcidos por um momento, mas depois retomam seu aspecto opaco, como os olhos de um cão raivoso. Ele se cala e procura afastar-me.

– Um momento, companheiro – chamo.

Kat está atento, e, no instante em que o recruta me empurra, ele o agarra, e ambos o seguramos com força.

Imediatamente, começa a esbravejar:

– Soltem-me, deixem-me sair! Quero sair daqui!

Não ouve nada, esperneia, a boca está molhada, e cospe as palavras, palavras pela metade, sem nexo. É um ataque de claustrofobia, ele tem a impressão de que vai sufocar aqui, e sente apenas um desejo: chegar lá fora. Se o deixássemos, correria, sem cobertura, para qualquer lado. Não é o primeiro.

Seus olhos já se reviram, porque está muito enfurecido, e não há outro remédio: temos de esbofeteá-lo para que recupere o controle. Fazemo-lo rapidamente, sem piedade, e, finalmente, ele senta-se e acalma-se. Os outros ficam pálidos com o acontecimento; tomara que os tenhamos intimidado! O bombardeio é demais para os pobres rapazes; acabam de chegar do depósito de recrutas para cair num inferno destes, que faria mesmo um velho soldado ficar de cabelos brancos.

Além disso, o ar irrespirável, espesso e vicioso afeta nossos nervos. Estamos como que sentados no nosso próprio túmulo e esperamos apenas que desabe sobre nós, enterrando-nos. De repente, há um silvo e um clarão monstruoso; o abrigo estoura em todas as juntas, sob uma explosão que o pegou em cheio. Felizmente, era um projétil de artilharia ligeira, ao qual os blocos de cimento resistiram. Foi um terrível ruído metálico, as paredes vacilaram; fuzis, capacetes, lama, terra e poeira voam por todos os lados. Um vapor de enxofre penetra no abrigo. Se estivéssemos sentados agora num desses abrigos leves que se constroem hoje em dia, nenhum de nós estaria vivo.

Mesmo assim, os efeitos são bastante lamentáveis. O recruta de há pouco começa novamente a delirar, e mais dois o imitam. Um deles consegue livrar-se e foge. Ocupamo-nos dos outros dois. Precipito-me atrás do fugitivo e pergunto a mim mesmo se devo atirar em suas pernas; ouve-se, então, um silvo por perto, atiro-me ao chão e, quando me levanto, a parede da trincheira está coberta de estilhaços fumegantes, de pedaços de carne e de farrapos de uniforme. Rastejo de novo para dentro do abrigo.

O primeiro dos rapazes parece ter efetivamente enlouquecido. Corre e bate com a cabeça na parede como um bode, quando consegue soltar-se. À noite, seremos obrigados a tentar levá-lo para a retaguarda. Por enquanto, nós o amarramos de forma a poder soltá-lo rapidamente no caso de um ataque.

Kat sugere que joguemos cartas; é mais fácil quando se tem o que fazer. Talvez nos ajude a enfrentar os acontecimentos. Mas não dá certo: estamos à escuta, e, a cada granada mais próxima, contamos errado, ou não prestamos atenção ao naipe. Desistimos.

Estamos como que sentados num caldeirão que ferve ameaçadoramente, batido por todos os lados.

Mais uma noite. Já estamos abatidos pela tensão, uma tensão mortal, que nos raspa ao longo da espinha como uma faca cheia de dentes. As pernas recusam-se a nos obedecer, as mãos tremem, o corpo é apenas uma pele fina que recobre a loucura malcontida, mascarando um rugido sem fim que quase não se pode controlar. Já não temos mais músculos nem carne; não nos atrevemos mais a olhar um para o outro por medo de qualquer coisa incalculável. Assim, mordemos os lábios e procuramos pensar: "Vai passar... isto vai passar... talvez escapemos".

Repentinamente, os obuses deixam de cair nas imediações. O bombardeio continua, mas dirige-se para a retaguarda; nossa trincheira está livre. Pegamos as granadas de mão, jogamo-las para a entrada do abrigo e saltamos para fora. O bombardeio parou, mas, em contrapartida, atrás de nós, há um pesado fogo de barragem. É o ataque que vai começar.

Ninguém acreditaria que nestas horríveis ruínas ainda existissem homens; mas, de todos os lados da trincheira, começam a aparecer agora os capacetes de aço e, a quarenta metros de nós, uma metralhadora já está em posição e pipocando.

As proteções de arame farpado são destroçadas; mesmo assim, ainda servem como obstáculo. Vemos as tropas de assalto avançarem. Nossa artilharia abre fogo. As metralhadoras matraqueiam, os fuzis crepitam. Do outro lado, os inimigos fazem esforços para avançar. Haie e Kropp começam a atirar granadas de mão. Lançam-nas o mais rápido possível, recebem-nas com o pino já retirado. Haie joga a sessenta metros, Kropp a cinquenta; tudo isto foi estudado e medido, pois a distância é muito importante. O inimigo, ocupado em correr, não pode fazer grande coisa, enquanto não chega até os trinta metros.

Reconhecemos os rostos contraídos, os capacetes lisos: são franceses. Quando alcançam os restos das redes de arame farpado, já tiveram sensíveis perdas. Uma fileira completa foi abatida por nossas metralhadoras; depois, temos várias dificuldades com os tiros, e eles conseguem aproximar-se.

Vejo um que cai de pé num cavalo de frisa, o rosto voltado para cima. O corpo abate-se sobre si mesmo, como um saco, as mãos ficam juntas, como se quisesse rezar. Então, o tronco destaca-se inteiramente; apenas as mãos, decepadas pelos tiros da metralhadora, ficam penduradas, com uns farrapos de braços, no arame farpado.

No momento em que começamos a recuar, três rostos emergem do chão à nossa frente. Embaixo de um dos capacetes, um cavanhaque escuro e dois olhos que me fitam com firmeza. Levanto a mão, porém não consigo atirar nestes olhos estranhos. Durante um momento de loucura, toda a matança gira como um turbilhão à minha volta, e os dois olhos são a única coisa imóvel em todo o quadro; então, a cabeça se mexe, vejo uma mão, um movimento, e logo minha granada de mão voa pelo ar, quase que independente de mim. Recuamos correndo, atiramos os cavalos de frisa para dentro das trincheiras e deixamos granadas de mão já sem o pino caírem atrás de nós, o que nos assegura uma retirada explosiva. Da segunda linha, as metralhadoras atiram.

Tornamo-nos animais selvagens. Não combatemos, defendemo-nos da destruição. Sabemos que não lançamos as granadas contra homens, mas contra a Morte, que nos persegue, com as mãos e capacetes. Pela primeira vez em três dias, conseguimos vê-la cara a cara; pela primeira vez em três dias, podemos nos defender contra ela. Uma raiva louca nos anima, não esperamos mais indefesos, impotentes, no cadafalso, mas podemos destruir e matar, para nos salvarmos... e para nos vingarmos. Escondemo-nos, abaixados atrás de cada canto, por trás de cada defesa de arame farpado, e, antes de corrermos, atiramos montes de granadas aos pés dos inimigos que avançam. O estampido das granadas de mão repercute poderosamente nos nossos braços e pernas. Corremos agachados como gatos, submersos por esta onda que nos arrasta, que nos torna cruéis, bandidos, assassinos, até demônios; esta onda que aumenta nossa força pelo medo, pela fúria e pela avidez de vida, que procura lutar apenas pela nossa salvação. Se seu próprio pai viesse com os do outro lado, você não hesitaria em atirar-lhe uma granada em pleno peito.

As primeiras trincheiras são abandonadas. Ainda são trincheiras? Estão destroçadas, aniquiladas; são apenas restos de trincheiras, buracos unidos por caminhos, ninhos de cratera, nada mais. Mas as baixas do inimigo aumentam. Não contavam com tanta resistência.

É meio-dia. O sol queima, asfixiante. O suor irrita-nos os olhos e o limpamos com as mangas; às vezes há sangue junto. Chegamos agora a uma trincheira em condições um pouco melhores. Está ocupada pelas nossas tropas e preparada para o contra-ataque. Nossa artilharia intensifica o fogo e impede o ataque inimigo, aferroando a posição.

As linhas da retaguarda param. Não conseguem avançar. O ataque é paralisado pela nossa artilharia.

Ficamos à espreita. O fogo salta cem metros à frente – retomamos a ofensiva. Ao meu lado, a cabeça de um cabo é arrancada. Ainda corre mais alguns passos, enquanto o sangue jorra-lhe do pescoço, como um repuxo.

Não chega a haver combate corpo a corpo, porque os outros são obrigados a recuar. Alcançamos novamente nossos restos de trincheira e até a ultrapassamos.

Oh! Esta reviravolta! Alcançamos as posições abrigadas da reserva, gostaríamos de rastejar para dentro delas e desaparecer; em vez disso, somos obrigados a voltar e mergulhar novamente no horror. Se não fôssemos autômatos nesses momentos, continuaríamos ali, deitados, exaustos, inertes. Mas somos de novo arrastados para a frente, sem forças, mas ainda selvagens e furiosos; queremos matar, pois aqueles que estão à nossa frente são nossos inimigos mortais; seus fuzis e suas granadas estão apontados para nós; se não os exterminarmos, seremos destruídos por eles.

A terra escura, rasgada, destroçada, com seu brilho gorduroso sob os raios do sol, é o cenário desse mundo agitado e sombrio de autômatos; nosso ofegar é o ranger das molas do mecanismo; os lábios estão ressequidos, a cabeça dói mais do que depois de uma noite de pileque. É nesse estado que avançamos cambaleantes; em nossas almas, crivadas e arrasadas, penetra, torturante e insistentemente, a imagem da terra escura sob o sol gorduroso, com os soldados mortos e os que ainda estremecem, como se assim tivesse que ser, e que gritam. Querem agarrar nossas pernas, enquanto pulamos por cima de seus corpos.

Perdemos toda a noção de solidariedade; quase não nos reconhecemos, quando, por acaso, a imagem do outro cai sob nosso olhar de fera acossada. Somos mortos insensíveis que, por um feitiço trágico, ainda conseguem correr e matar.

Um jovem francês fica para trás e é alcançado pelos nossos. Levanta as mãos: numa delas ainda segura o revólver. Não se sabe se ele quer atirar ou render-se; um golpe de pá abre-lhe o rosto ao meio. Um outro vê a cena e tenta fugir, mas, um pouco adiante, uma baioneta é enterrada em suas costas como um raio. Ele salta no ar e, com os braços abertos, a boca escancarada, gritando, cambaleia, com a baioneta oscilante cravada em suas costas. Um terceiro joga fora o fuzil, agacha-se, cobrindo os olhos com as mãos. Fica para trás, com mais alguns prisioneiros, para transportar os feridos.

Repentinamente, na perseguição que se processa, chegamos às posições inimigas.

Estamos tão próximos dos adversários em retirada que conseguimos chegar às suas trincheiras quase ao mesmo tempo que eles. Graças a isto, temos poucas baixas. Uma metralhadora atira, mas é silenciada por uma granada. Estes poucos segundos, porém, foram suficientes para que cinco dos nossos fossem atingidos no ventre. Kat dá coronhadas no rosto de um dos atiradores da metralhadora, que ainda não fora ferido, até amassá-lo. Os demais, nós matamos a baioneta, antes de poderem servir-se das granadas de mão. Depois, bebemos, sedentos, a água de refrigeração da metralhadora.

Por toda a parte, ouve-se o ruído dos alicates cortando o arame farpado; pranchas são atiradas sobre o emaranhado das defesas e saltamos para as trincheiras pelas entradas estreitas. Haie enterra sua pá no pescoço de um francês alto como um gigante; e atira a primeira granada de mão; escondemo-nos por uns segundos, atrás do parapeito, depois a parte retilínea da trincheira fica desguarnecida. O próximo arremesso sibila diagonalmente por cima de um canto, e abre o caminho; enquanto corremos, atiramos granadas para dentro dos abrigos por onde passamos. A terra treme, explode, crepita e geme, tropeçamos em escorregadios pedaços de carne, em corpos que cedem. Caio por cima de uma barriga arrebentada, sobre a qual está colocado um gorro novo e limpo de oficial.

A batalha abranda. Perdemos o contato com o inimigo. Uma vez que não poderemos manter-nos por muito tempo aqui, recebemos ordem de voltar para nossas posições primitivas, sob a proteção da artilharia. Logo que sabemos da notícia, precipitamo-nos para os abrigos próximos, a fim de nos apoderarmos de todas as latas de comida que conseguimos apanhar, principalmente manteiga e carne em conserva, antes de regressarmos.

Recuamos relativamente bem. Por enquanto, o inimigo não contra-ataca. Durante mais de uma hora, ficamos estendidos, ofegantes, descansando, sem falar.

Nossa exaustão é tanta que, apesar da terrível fome, nem pensamos nos enlatados. Só pouco a pouco vamos nos transformando novamente em algo parecido com seres humanos.

Esta carne em conserva é famosa em toda a frente de batalha. Às vezes, chega a ser a principal razão das investidas do nosso lado, porque nossa alimentação em geral é péssima; estamos sempre com fome.

Pegamos um total de cinco latas. Os do outro lado são bem tratados, a comida, comparada à nossa, parece excelente; estamos sempre famintos com a nossa geleia de nabo. Eles têm carne à vontade; basta estender a mão para apanhá-la. Haie apoderou-se também de um pão francês, comprido, e enfiou-o no cinturão como se fosse uma pá. Uma das extremidades está um pouco ensanguentada, mas é fácil cortá-la.

É uma sorte termos algo de bom para comer agora; ainda precisaremos de nossas forças. Comer até à saciedade é tão importante quanto um bom abrigo: pode salvar-nos a vida, é por essa razão que estamos tão ávidos de alimento.

Tjaden arrecadou ainda dois cantis de conhaque e nós os passamos de mão em mão.

A "bênção noturna" nos é administrada pela artilharia. A noite chega, e das trincheiras sobem neblinas. Parece que estes buracos estão cheios de misteriosos espectros.

O vapor branco rasteja aqui e ali, cautelosamente, antes de ousar erguer-se além das bordas das crateras. Depois, compridas faixas de vapor espalham-se de trincheira em trincheira.

Faz frio. Estou de sentinela e contemplo fixamente a escuridão. Sinto-me fraco, como sempre acontece depois de um ataque, e, por isso, é difícil ficar a sós com meus pensamentos. Nem pensamentos são, mas lembranças que me perseguem na minha fraqueza, afetando-me estranhamente.

Os foguetes luminosos elevam-se no espaço e vejo uma imagem à minha frente: é uma tarde de verão e estou no claustro da catedral, admirando as roseiras que florescem no meio de pequeno jardim da igreja, onde são enterrados os frades. Ao redor, veem-se as Estações da Cruz esculpidas em pedra. Não há ninguém; reina um grande silêncio neste quadrilátero florido, o sol brilha quente nas enormes pedras acinzentadas; ponho as mãos sobre elas e sinto o seu calor.

No canto direito do telhado de ardósia, ergue-se a torre verde da catedral, para o azul-pálido e suave do céu do anoitecer.

Entre as pequenas colunas polidas do claustro, armazenou-se a doce e fresca penumbra que só as igrejas têm. Fico ali, imóvel, pensando que, quando tiver vinte anos, conhecerei as emoções perturbadoras que vêm das mulheres.

A imagem é tristemente real; está perto de mim, emociona-me, antes de desfazer-se sob o clarão do próximo sinal luminoso.

Pego o meu fuzil e verifico se está em boas condições. O cano está úmido, envolvo-o com minha mão e, friccionando-o, limpo a umidade com os dedos.

Entre os prados, nos arrabaldes de nossa cidade, erguia-se uma fileira de velhos choupos, margeando um riacho. Podiam ser vistos de longe e, embora flanqueassem apenas um lado, tinham o nome de alameda dos Choupos. Desde criança, atraíam-nos inexplicavelmente. Passávamos dias inteiros junto deles, escutando seu leve murmúrio. Sentávamos à sua sombra, na margem do riacho, e balançávamos os pés na água clara e rápida.

O aroma puro da água e a melodia do vento nos choupos dominavam nossa imaginação. Nós os amávamos tanto! A imagem daqueles dias ainda faz meu coração palpitar, antes de extinguir-se.

É estranho que todas as recordações que evocamos têm estas características. Estão sempre envolvidas em tranquilidade: é a sua marca predominante. Embora as impressões daquela época não fossem silenciosas como hoje se manifestam, produzem agora esse efeito. São aparições mudas, que me falam por olhares e gestos, sem recorrer a palavras, silenciosamente. E o seu silêncio impressionante é o que me obriga a apertar o meu braço e o fuzil, para não me entregar a esta sedução a que meu corpo desejaria suavemente abandonar-se, para desfazer-se nas forças secretas que há para além das coisas.

Elas são tranquilas, porque a tranquilidade é agora tão inatingível para nós. No front, nunca há silêncio, e a sua maldição é tão extensa que estamos sempre dentro dela. Mesmo nos depósitos mais afastados, nos acampamentos de repouso, o zunido e o ribombar abafado do fogo chegam sempre aos nossos ouvidos. Nunca estamos suficientemente longe para deixar de ouvi-los. Mas, nestes últimos dias, tem sido insuportável.

A paz dessas recordações de outros tempos é a razão pela qual elas nos despertam menos o desejo do que a tristeza: uma estranha e desconcertante melancolia. Existiram, mas não voltam mais. Passaram, pertencem a um mundo diferente, que, para nós, terminou. No acampamento, despertavam um desejo rebelde e selvagem, porque ainda estavam muito próximas de nós, pertencíamos a elas e elas a nós, embora já estivéssemos separados. Brotavam das canções de soldados que cantávamos, enquanto marchávamos para o exercício, entre o vermelho da aurora que despontava e as silhuetas negras da floresta; constituíam uma poderosa lembrança que guardávamos dentro de nós e que de nós emanava.

Mas aqui, nas trincheiras, nós as perdemos. Já não emanam de nós; estamos mortos, e surgem apenas remotamente no horizonte: são uma aparição, um misterioso reflexo que nos atrai, que tememos e que amamos sem esperança. São poderosas como poderoso é o nosso desejo, mas inacessíveis, como bem o sabemos – tão inúteis quanto a nossa esperança.

E, mesmo se essa paisagem de nossa juventude nos fosse devolvida, mal saberíamos o que fazer dela. As forças ternas e secretas que suscitavam não podem mais renascer. De novo, poderíamos permanecer e passear neste cenário; lembrar-nos-íamos dele e amá-lo-íamos; ficaríamos comovidos ao vê-lo, mas seria o mesmo que olhar a fotografia de um companheiro morto: as feições são suas, os traços são seus e é o seu rosto; são os dias que passamos juntos que ganham uma sombra de vida na nossa memória, mas já não é mais ele.

Nunca mais poderemos participar dessas cenas como antes. Não era o reconhecimento de sua beleza nem o seu significado que nos atraíam, mas uma comunhão, a harmonia de uma fraternidade com as coisas e os acontecimentos da nossa existência, que nos isolava e fazia do mundo de nossos pais algo de incompreensível; de alguma forma, nós nos deixávamos subjugar por acontecimentos e nos perdíamos neles – as coisas mais insignificantes terminavam infalivelmente às portas do infinito... Talvez fosse apenas o privilégio de nossa juventude; ainda não tínhamos vislumbrado nenhum limite e jamais admitíamos um fim; tínhamos a esperança no sangue, que nos identificava com a marcha dos nossos dias.

Hoje, passaríamos pela paisagem de nossa juventude apenas como viajantes. Os fatos nos consumiram; como os comerciantes, sabemos distinguir as diferenças e, como os carniceiros, sabemos reconhecer as necessidades. Já não somos despreocupados; vivemos numa terrível indiferença. Se estivéssemos lá, será que viveríamos? Desamparados como crianças e experientes como velhos, somos primitivos, tristes e superficiais... Acho que estamos perdidos.

Minhas mãos ficam frias e minha pele arrepia-se; mas a noite está quente. Só a neblina é fresca, esta neblina sinistra, que ronda os mortos à nossa frente, e deles suga o último sopro de vida. Amanhã, estarão pálidos e esverdeados, e seu sangue, coagulado e negro.

Os foguetes luminosos ainda sobem e derramam sua luz impiedosa sobre a paisagem petrificada, cheia de crateras, como uma fria paisagem lunar. O sangue que corre embaixo de minha pele leva medo e inquietação aos meus pensamentos: eles se enfraquecem e tremem, precisam de calor e vida. Não resistem, sem o consolo e sem a ilusão; confundem-se diante do quadro nu do desespero.

Ouço o ruído de panelas e sinto imediatamente um violento desejo de comida quente, que me fará bem e me acalmará. Com dificuldade, obrigo-me a esperar o momento de minha substituição.

Depois, desço para o abrigo e encontro à minha espera uma marmita com mingau. Foi preparado com gordura e parece apetitoso. Como lentamente e em silêncio, embora os outros mostrem-se mais bem-humorados, porque o bombardeio diminuiu.

Os dias se sucedem, e cada hora é ao mesmo tempo incompreensível e natural. Os ataques seguem-se aos contra-ataques, e, lentamente, nos espaços livres das trincheiras, os mortos se empilham. Geralmente, conseguimos trazer de volta alguns feridos;

no entanto, alguns ficam estendidos por muito tempo, e nós os ouvimos morrer.

Procuramos um deles em vão durante dois dias. Deve estar deitado de bruços e não consegue mais virar-se. Não há outra explicação para o fato de não o acharmos, pois somente quando se grita com a boca colada ao chão é difícil determinar a direção do grito.

Deve ter levado um mau tiro, um desses ferimentos traiçoeiros, que não são tão graves a ponto de enfraquecer o corpo com rapidez e deixá-lo entorpecido, e nem tão leves que permitam suportar as dores com a esperança de ficar curado. Kat diz que deve ser um esmagamento da bacia ou um tiro na espinha. Provavelmente, o peito não está ferido, pois, se assim fosse, não teria forças para gritar tanto. E se estivesse ferido em outro lugar qualquer veríamos seus movimentos.

Aos poucos, ele vai enrouquecendo. A voz tem um som tão débil que não se consegue distinguir de onde vem. Na primeira noite, alguns dos nossos homens saíram três vezes para procurá-lo. Mas quando julgaram tê-lo localizado e já começavam a arrastar-se até lá, na próxima vez em que o escutaram, a voz parecia vir de outro lugar.

Procuramos em vão até o amanhecer. Durante o dia, o campo é vasculhado com o auxílio de um binóculo, mas nada se descobre. No segundo dia, a voz fica mais fraca e sente-se que os lábios e a boca ressecaram.

Nosso comandante de companhia prometeu prioridade de licença e mais três dias suplementares a quem o encontrasse. É um prêmio estimulante, mas faríamos o possível, mesmo sem ele, pois é um clamor terrível. À tarde, Kat e Kropp saem uma vez mais da trincheira. Em consequência disto o lóbulo da orelha de Albert é arrancado por um tiro. E foi tudo inútil – voltaram sem ele!

Apesar de tudo, compreende-se claramente o que diz. No princípio, gritava somente por ajuda; na segunda noite, deve ter tido febre, pois, em seu delírio, falava com a mulher e os filhos; muitas vezes escutamos o nome Elisa. Hoje, chora, apenas. À noite, a voz diminui, até tornar-se um gemido rouco. Mas ainda continua durante toda a noite. Ouvimos tudo claramente, porque o vento sopra na direção de nossas trincheiras. De manhã, quando julgávamos que tudo já tivesse terminado, ainda chega até nós um estertor.

Os dias são quentes, e os mortos jazem desenterrados. Não podemos ir buscar todos, não saberíamos para onde ir com eles.

Não precisamos, porém, nos preocupar: são enterrados pelas granadas. Alguns têm as barrigas inchadas como balões, assobiam, arrotam e mexem-se. São os gases que se agitam neles.

O céu está azul e sem nuvens. As noites são sufocantes, e o calor sobe da terra. Quando o vento sopra na nossa direção, traz o vapor de sangue, que é pesado e de um doce repugnante; esta exalação mortal das trincheiras parece uma mistura de clorofórmio e de podridão, que nos causa mal-estar e vômitos.

As noites são calmas, e começa a caça às anilhas de cobre das granadas e aos paraquedas de seda dos foguetes luminosos franceses. Ninguém sabe ao certo por que estas anilhas são tão cobiçadas. Os colecionadores afirmam, simplesmente, que são valiosas. Há gente que arranja tantas que anda curvada sob o seu peso.

Haie, pelo menos, oferece uma razão: quer mandá-las para sua noiva para substituir as ligas. Com esta piada, explodem naturalmente de rir os valentes soldados da Frígia, que, dando palmadas nas coxas, exclamam: "Que boa ideia, esse Haie é mesmo um gozador!". Tjaden, principalmente, não se controla; segura as anilhas maiores na mão e a toda hora enfia nelas a perna para mostrar quanto espaço livre ainda há.

– Haie, meu velho, que pernas ela deve ter, deve ser um bom par de pernas! – e seus pensamentos sobem um pouco mais – e que rabo ela deve ter, como um elefante...

Ele não consegue parar.

– Gostaria de brincar com ela de casinha, meu Deus...

Haie está radiante com o sucesso de sua noiva e afirma, contente e sucinto:

– É um pedaço de garota – diz, orgulhoso.

Os pequenos paraquedas de seda têm uma finalidade mais prática. Três ou quatro dão para fazer uma blusa, conforme as dimensões do busto. Kropp e eu os usamos como lenços. Os outros mandam-nos para casa. Se as mulheres soubessem o perigo que se corre para ir buscar esses trapos finos, ficariam horrorizadas.

Kat surpreende Tjaden a bater, com toda calma, numa granada não deflagrada, para tirar os anéis. Se fosse outro, a granada teria explodido, mas Tjaden, como sempre, tem sorte. Durante uma manhã inteira, duas borboletas brincam em frente à nossa trincheira. Têm as asas amarelas, com pontinhos vermelhos. Que as terá atraído para cá, se não se veem plantas e flores em lugar nenhum? Pousam nos dentes de um morto. Igualmente despreocupados, os pássaros, que há muito se acostumaram à guerra, todas as manhãs, esvoaçam entre as duas frentes inimigas. Há um ano, chegamos a ver cotovias chocarem os ovos e, depois, alimentarem os filhotes.

Nas trincheiras, os ratos não nos perturbam. Estão lá na frente... nós sabemos por que engordam; logo que vemos um, nós o abatemos. À noite, tornamos a ouvir do outro lado o ruído dos caminhões e dos tanques. De dia, há apenas o bombardeio normal; assim, conseguimos reparar as trincheiras. Divertimento não falta, pois temos os aviadores para nos distrairmos. Todos os dias, um sem-número de combates aéreos tem sua plateia garantida.

Gostamos dos aviões de combate, mas detestamos como a peste os de observação, porque atraem para nós o fogo da artilharia. Poucos minutos depois de surgirem, explode um dilúvio de granadas. Com isto, perdemos onze homens num só dia, inclusive cinco enfermeiros. Dois ficaram tão esmagados, que Tjaden afirmou poder raspá-los da parede da trincheira com uma colher e enterrá-los nas marmitas. Um outro teve o abdome arrancado juntamente com as pernas. Está morto, com o peito encostado na trincheira, seu rosto está verde como um limão, e no meio da barba cerrada ainda arde um cigarro, que continua queimando até apagar-se nos seus lábios.

Por ora, colocamos os mortos numa grande cratera. Até o momento, já empilhamos três camadas.

De repente, o fogo recomeça. Em breve, estamos novamente sentados na fixidez tensa da espera inativa.

Ataque, contra-ataque, ofensiva, contraofensiva... Que significam, na verdade, estas palavras? Perdemos muitos homens, sobretudo recrutas. No nosso setor, preenchem as vagas com reforços. É um dos novos regimentos; são quase todos jovens, dos últimos contingentes. Quase não receberam instrução; só puderam fazer exercícios teóricos, antes de vir para o campo de batalha. Sabem o que é uma granada de mão, mas não têm a menor ideia de como aproveitar o terreno como cobertura. Uma depressão tem que ter pelo menos meio metro para que reparem nela.

Embora precisemos de reforços, os recrutas nos dão mais trabalho do que propriamente ajuda. Estão despreparados para esse tipo de ataque e caem como moscas. A luta de posições que hoje se faz exige conhecimentos e experiência; tem que se conhecer o terreno, é necessário ter ouvido para os tiros, seus ruídos e seus efeitos; é preciso saber de antemão onde vão acertar, saber como se dispersarão os estilhaços e como se proteger deles.

Estes jovens substitutos naturalmente ignoram quase tudo isto. São abatidos porque, cheios de medo, ouvem o estrondo das granadas de grosso calibre que caem longe e não escutam o zunido ligeiro e vibrante dos pequenos monstros que se estilhaçam rente ao chão. Como as ovelhas, comprimem-se uns contra os outros, ao invés de se dispersarem, e os próprios feridos são abatidos como lebres pelos aviadores.

Ah, as pálidas caras de nabo, as mãos crispadas, a valentia lamentável desses pobres coitados, que, apesar de tudo, avançam e atacam; esses pobres-diabos corajosos, tão atemorizados que não ousam gritar e que, com o peito, o ventre, os braços e as pernas dilacerados, soluçam baixinho pelas suas mães e calam-se assim que se olha para eles!

Seus rostos mortos, púberes, afilados têm a terrível inexpressividade das crianças mortas.

Sente-se um nó na garganta ao ver como saltam, correm e caem. Tenho vontade de bater neles porque são tão bobos, mas, ao mesmo tempo, gostaria de pegá-los no colo e levá-los para longe daqui: este não é o seu lugar. Vestem suas túnicas, calças e botas cinzentas, mas, para a maioria, a farda é larga demais, flutuando-lhes ao redor dos membros; os ombros demasiado estreitos, os corpos demasiado pequenos. Não havia uniformes feitos para estas medidas de criança.

Para cada veterano, morrem de cinco a dez recrutas. Um ataque inesperado de gás ceifa a vida de muitos. Nem chegaram a aprender o que fazer. Achamos um abrigo cheio de homens com os rostos azulados e lábios negros. Numa trincheira, tiraram cedo demais as máscaras; não sabiam que o gás se mantém mais tempo no chão; vendo os outros lá em cima sem as máscaras, arrancaram as suas e engoliram gás suficiente para queimar os pulmões. Seu estado é desesperador, engasgam com hemorragias e têm crises de asfixia, até morrer.

Numa parte da trincheira, vejo-me repentinamente diante de Himmelstoss. Escondemo-nos no mesmo abrigo. Ofegantes, todos se juntam e esperam o momento de atacar.

Apesar de muito agitado, quando saio do abrigo, ocorre-me um pensamento: não vejo mais Himmelstoss. Rápido, salto de volta para o abrigo e encontro-o deitado a um canto, com um pequeno arranhão, fingindo estar gravemente ferido. Sua cara é a de quem levou uma surra. Tem um acesso de medo, ainda é novo aqui. Mas irrita-me o fato de os jovens recrutas estarem lá fora, e ele aqui, deitado.

– Saia! – esbravejo.

Ele não se mexe, os lábios crispam-se e o bigode estremece.

– Para fora! – repito.

Retesa as pernas, comprime-se contra a parede e mostra os dentes como um cão.

Pego-o pelo braço, para obrigá-lo a levantar-se. Ele começa a choramingar.

Então, perdendo o controle, agarro-o pelo pescoço e sacudo-o como um saco, de tal forma que a cabeça oscila para lá e para cá, e grito-lhe na cara:

– Seu canalha, já para fora... seu cachorro; carrasco! Então, queria esconder-se?

Fica como que vidrado; atiro sua cabeça de encontro à parede.

– Sua besta! – dou-lhe um pontapé nas costas. – Porco imundo! – empurro-o para a frente e o faço sair de cabeça.

Um grupo dos nossos está passando e com eles um tenente, que nos vê e grita:

– Avançar, avançar... cerrar fileiras, cerrar fileiras!

E o que minhas bofetadas não conseguiram, conseguem estas palavras. Himmelstoss ouve o seu superior, olha ao seu redor, como quem acorda, e junta-se aos outros.

Sigo-o e vejo-o saltar. Já é novamente o garboso Himmelstoss do quartel; chegou até a ultrapassar o tenente.

Bombardeio, fogo cerrado, fogo de barragem, gás, minas, tanques, metralhadoras, granadas de mão... são apenas palavras, mas encerram todo o horror do mundo.

Nossos rostos estão cobertos por uma crosta, nosso pensamento, aniquilado; estamos exaustos. Quando vier o ataque, será preciso despertar alguns a murro para que avancem com os outros; nossos olhos estão inchados, as mãos rasgadas, os joelhos sangram, os cotovelos estão esfolados.

Quanto tempo passou? Semanas? Meses? Anos? Dias, são apenas dias. Vemos o tempo ao nosso lado desaparecer no semblante pálido dos que morrem, entupimo-nos de alimentos, corremos, atiramos granadas, disparamos tiros, matamos, deitamo-nos nos abrigos, estamos exaustos e embrutecidos. Só uma coisa nos conforta: ver que há outros mais fracos, mais abatidos, mais desamparados, que nos olham com os olhos esbugalhados, como se fôssemos deuses que, muitas vezes, conseguiram escapar à morte.

Nas poucas horas de descanso, damos aulas aos recrutas.

– Lá, está vendo aquele projétil que avança cambaleando? É uma mina que se aproxima. Fique deitado, ela vai cair mais adiante. Mas se vier para cá, saia correndo! É possível escapar dela, se se correr logo.

Treinamos os seus ouvidos, no sentido de distinguirem o zumbido pérfido dos pequenos projéteis que quase não se ouvem: têm de reconhecer, no meio de todo o barulho, o seu zumbido de mosquito; ensinamos-lhes que estes são mais perigosos que os grandes, que se escutam com antecedência. Nós lhes mostramos como se esconderem dos aviões, como se fingirem de mortos, quando vêm as tropas de assalto; como se tem de retirar o pino das granadas de mão, de maneira a explodirem meio segundo antes de caírem. Ensinamos-lhes a cair rapidamente nas trincheiras, quando um morteiro se aproxima; demonstramos como se acaba com uma vala usando um feixe de granadas de mão. Explicamos-lhes a diferença de tempo entre o explodir das bombas inimigas e das nossas, devido à diferença entre os detonadores, e os alertamos para o som das granadas de gás. Enfim, mostramos-lhes todas as formas de se salvarem da morte.

Ouvem, são dóceis e obedientes... mas, quando a luta começa, atrapalham-se e fazem tudo ao contrário.

Haie Westhus é levado com as costas dilaceradas; a cada respiração, o pulmão pulsa através da ferida. Ainda consigo apertar sua mão:

– Acabou-se, Paul – geme e, de dor, morde o próprio braço.

Vemos homens ainda vivos que não têm mais a cabeça; vemos soldados que tiveram os dois pés arrancados andarem, tropeçando nos cotos lascados até o próximo buraco; um cabo arrasta-se dois quilômetros de quatro, levando atrás de si os joelhos esmagados; Outro chega até o Posto de Primeiros Socorros e, por sobre as mãos que os seguram, saltam os seus intestinos. Vemos homens sem boca, sem queixo, sem rosto; encontramos um homem que, durante duas horas, aperta com os dentes a artéria de um braço, para não ficar exangue. O sol se põe, vem a noite, as granadas assobiam, a vida chega ao fim.

No entanto, o pedacinho de terra revolta em que estamos deitados foi conservado, apesar das forças superiores; apenas algumas centenas de metros foram sacrificadas. Mas, para cada metro, há um morto.

Chegam reforços da retaguarda, e somos substituídos, as rodas dos caminhões que nos levam à retaguarda rolam sob nossos pés. Apáticos, de pé, quase adormecemos, e, quando vem a chamada: "Atenção! Fios!", abaixamo-nos. Era verão quando passamos por aqui, as árvores ainda estavam verdes; agora, já têm um aspecto de outono, e a noite é cinzenta e úmida.

Os caminhões param, descemos... um pequeno grupo de vivos, atirados para lá, confusamente, restos de uma multidão de nomes. Pelos lados, há gente chamando pelos números dos regimentos e das companhias. E, a cada chamada, destaca-se um pequeno grupo, um punhado insignificante de soldados sujos, pálidos, um número terrivelmente reduzido e um remanescente terrivelmente pequeno.

Agora, alguém chama o número de nossa companhia, reconhecemos a voz do comandante da companhia; então, ele escapou! Seu braço está numa tipoia. Aproximamo-nos dele, e reconheço Kat e Albert; ficamos juntos, apoiamo-nos um no outro e nos entreolhamos.

E mais uma vez ouvimos chamar os números. Ele pode chamar durante muito tempo, mas nos hospitais e nas trincheiras eles não o ouvirão.

Novamente:

– Segunda Companhia, por aqui!

Depois, mais baixo:

– Mais ninguém da Segunda Companhia?

Faz-se silêncio, e sua voz está embargada, quando pergunta:

– Estão todos aí?

E comanda:

– Numerar!

A manhã é cinzenta. Era ainda verão quando partimos, éramos cento e cinquenta homens. Agora, faz frio, é outono, as folhas murmuram, as vozes erguem-se, cansadas: um, dois, três, quatro... e, aos trinta e dois, calam-se.

Após um longo silêncio, uma voz pergunta:

– Mais alguém? – espera, e diz baixinho: – Por pelotões!

Mas interrompe-se e só consegue completar:

– Segunda Companhia... – e, com dificuldade – Segunda Companhia, em frente, marche!

Uma fileira, uma curta fileira avança naquela manhã. Trinta e dois homens.

7

Levam-nos mais para a retaguarda do que o habitual, para um depósito de recrutas, a fim de nos reorganizarem. Nossa Companhia precisa de mais de cem homens de reforço.

Nesse ínterim, passeamos, porque não temos serviço. Depois de dois dias, Himmelstoss aproxima-se de nós. Perdeu a fanfarronice desde que esteve nas trincheiras. Propõe que nós todos nos reconciliemos. Estou pronto a fazê-lo, pois vi como carregou Haie Westhus, que estava com as costas rasgadas. Além disso, como ele fala de maneira razoável, não nos incomodamos que nos convide para a cantina. Só Tjaden mostra-se desconfiado e retraído.

Mas até ele se convence, pois Himmelstoss conta que vai substituir o cabo rancheiro, que está de licença. Como prova, tira logo duas libras de açúcar para nós e meia libra de manteiga especialmente para Tjaden. Propõe até chamar-nos para a cozinha, nos próximos três dias, a fim de descascarmos batatas e nabos. A comida que nos serve lá é digna de oficiais.

Assim, no momento, temos as duas coisas de que o soldado precisa para ser feliz: boa comida e repouso. Pensando bem, é pouco. Há alguns anos, teríamos desprezado isso terrivelmente. Agora, estamos bastante satisfeitos. É tudo uma questão de hábito, até mesmo o front.

Esse hábito é a razão pela qual parecemos esquecer tudo tão depressa. Ontem, ainda estávamos debaixo do fogo; hoje, dizemos bobagens, deixamos correr a vida; amanhã, voltaremos para as trincheiras. Na realidade, nada esquecemos.

Enquanto estivermos no campo de batalha, os dias na frente, que já passaram, caem dentro de nós como pedras: são pesados demais para podermos refletir tão depressa sobre eles. Se o fizéssemos, eles nos abateriam mais tarde, pois já notei que se consegue suportar o horror enquanto se dissimula, mas ele mata quando nele se pensa.

Exatamente como nos transformamos em animais quando vamos para a frente, porque é a única maneira de nos salvarmos, tornamo-nos humoristas e vagabundos quando estamos descansando. Não conseguimos agir de outra maneira: na verdade, é qualquer coisa superior a nós próprios. Queremos viver a qualquer preço; por isso, não podemos arcar com o peso de sentimentos, que podem ser muito decorativos em tempo de paz, mas, aqui, estariam totalmente deslocados.

Kemmerich está morto, Haie Westhus, agonizante; terão no dia do Juízo Final um trabalho hercúleo para recompor o corpo de Hans Kramer, dilacerado por uma granada; Martens não tem mais pernas; Meyer está morto, Berger está morto, Hammerling está morto; cento e vinte homens jazem por aí cheios de tiros; é uma desgraça, mas o que temos a ver com isso, uma vez que estamos vivos? Se pudéssemos salvá-los, então não nos incomodaríamos de arriscar nossas próprias vidas, porque ninguém consegue nos deter quando queremos algo; o medo, não conhecemos muito... o pavor da morte, sim, isto é outra coisa, é físico.

Mas nossos companheiros estão mortos, não podemos ajudá-los; descansam em paz. Quem sabe o que nos espera ainda? Queremos é nos atirar no chão e dormir, ou encher o estômago, beber e fumar, para que as horas não sejam desperdiçadas. A vida é curta.

O horror da frente desaparece quando lhe voltamos as costas e enfrentamo-lo com piadas infames e de mau gosto. É um humor grosseiro, mas é assim que falamos de tudo, até mesmo da morte, porque isso nos salva da loucura. Enquanto aceitamos os acontecimentos dessa forma, sentimo-nos capazes de resistir.

Mas não esquecemos a frente de batalha! O que sai nos jornais de guerra sobre o moral das tropas, que se divertem organizando pequenos bailes logo que chegam do bombardeio, não passa de asneiras sem o menor fundamento. Não fazemos isso porque temos bom humor, mas porque somos obrigados a arranjá-lo; caso contrário, estaria tudo perdido. Aliás, quase esgotamos nossos recursos, e o tal humor fica cada vez mais amargo.

Já sei que tudo aquilo que agora, enquanto ainda estamos na guerra, afunda em nós como uma pedra despertará novamente depois dela, e, a partir de então, começará a grande luta. De vida ou de morte.

Ressuscitarão os dias, as semanas, os anos de frente, e nossos companheiros mortos se levantarão para marchar conosco; nossas mentes estarão lúcidas, teremos um objetivo e assim marcharemos, com os companheiros mortos ao nosso lado, os anos de frente como retaguarda. Contra quem? Contra quem marcharemos?

Aqui no setor, há algum tempo, houve um teatro do front. Num tapume, estão ainda colados cartazes coloridos das apresentações. Com os olhos abertos, Kropp e eu paramos diante deles. Não conseguimos compreender que ainda existam coisas assim. Na gravura, vê-se uma moça de vestido claro, de verão, com um cinto de verniz vermelho. Apoia uma das mãos no corrimão e, com a outra, segura um chapéu de palha. Usa meias e sapatos brancos. Sapatos leves, de fivela, com saltos altos. Atrás dela, brilha o mar azul, com algumas cristas de ondas, e, de um lado, estende-se uma baía cheia de luz. É uma garota encantadora, de nariz fino, lábios vermelhos e pernas compridas, incrivelmente limpa e arrumada; com certeza, toma banho duas vezes por dia e as unhas nunca ficam sujas. No máximo, só têm um pouco de areia da praia.

Ao seu lado está um homem de calças brancas, paletó azul e gorro de velejar, mas este não nos interessa tanto.

A garota do cartaz constitui, para nós, um milagre. Havíamos esquecido totalmente que no mundo existem coisas assim, e, mesmo agora, quase não acreditamos em nossos olhos. Há anos que não vemos nada parecido, nem qualquer coisa que de longe mostre tanta beleza, tanta felicidade e tanta calma. Esta é a verdadeira paz, assim como ela deve ser, pensamos, comovidos.

— Olhe só os sapatinhos; ela não conseguiria marchar nem um quilômetro com eles — digo, e logo sinto-me ridículo, porque é absurdo. Olhar para um cartaz assim e pensar apenas em marchar.

— Que idade deve ter? — pergunta Kropp.

Arrisco:

— No máximo, vinte e dois anos, Albert.

— Então, é mais velha do que nós. Garanto que não tem mais do que dezessete.

Um arrepio percorre-nos o corpo.

— Albert, isto não é para qualquer um... Que acha?

Com a cabeça, faz um sinal de aprovação.

— Lá em casa, também tenho uma calça branca.

— Sim, calça branca, está certo — digo eu —, mas uma garota assim...

Olhamo-nos dos pés à cabeça. Não há muito para ver: um uniforme sujo, desbotado, cheio de remendos. Não vale a pena comparar.

Em seguida, raspamos da parede o jovem da calça branca, cuidadosamente, para não atingir a garota. Já é alguma coisa. Depois Kropp propõe:

— Poderíamos tirar nossos piolhos.

Não me entusiasmo, porque as roupas ficam estragadas, e os piolhos voltam em duas horas. Mas, depois de olhar mais uma vez para o cartaz, declaro-me pronto a fazê-lo. Vou até mais longe:

— E se arranjássemos uma camisa limpa?

Albert, não sem razão, diz:

— Ainda seria melhor um par de meias de lã.

— Talvez meias, também. Vamos ver se conseguimos alguma coisa.

Mas eis que Leer e Tjaden se aproximam: veem o cartaz e, no mesmo instante, a conversa torna-se obscena. Leer foi o primeiro de nossa turma a ter uma amante e nos contava detalhes excitantes das suas relações. À sua moda, entusiasmam-se com a gravura, e Tjaden imita-o com todo o fervor. Não é que isto nos desagrade precisamente. Quem não é obsceno não é soldado, só que, neste momento, não estávamos com o espírito preparado para isto; esquivamo-nos e dirigimo-nos para o posto de desinfecção como quem vai a um alfaiate elegante.

As casas onde estamos alojados ficam perto do canal. Na outra margem, há pequenos lagos cercados de choupos; lá também há mulheres. As casas do nosso lado foram evacuadas, mas do outro ainda se veem habitantes, de vez em quando.

À tarde, vamos nadar. Vemos três mulheres aproximarem-se da margem. Andam devagar e não desviam os olhares, mesmo vendo que não usamos calções.

Leer chama-as. Elas riem e param para nos observar. Atiramos-lhes frases confusas, num mau francês, tudo que nos vem à cabeça, rapidamente, para evitar que elas se retirem. Não são lá grande coisa, mas, também, que mais iríamos arranjar por aqui?

Uma delas é morena e esguia. Quando ri, seus dentes brilham. Tem movimentos rápidos, e a saia dança suavemente em torno de suas pernas. Apesar de a água estar fria, sentimo-nos muito alegres e fazemos tudo para interessá-las em ficarem ali. Tentamos algumas piadas, e elas respondem sem que compreendamos; rimos e lhes fazemos sinais.

Tjaden é mais esperto. Corre ao alojamento, volta com um pão e levanta-o bem alto. Seu êxito é total. Com gestos e sinais convidam-nos a atravessar. Isto não é permitido. É proibido passar para a outra margem. Há sentinelas em todas as pontes. Sem uma licença, nada feito. Por isso, damos a entender que elas devem vir até nós; mas sacodem as cabeças e indicam-nos as pontes: também não as deixarão passar.

Voltam, lentamente, e sobem o canal, sempre pela margem. Nós as acompanhamos, nadando. Depois de algumas centenas de metros, desviam-se da margem e mostram uma casa não muito distante, que aparece por entre árvores e arbustos.

Leer pergunta-lhes se é ali que moram.

Riem. Sim, esta é sua casa.

Gritamos-lhes que voltaremos quando os sentinelas não nos possam ver. À noite, nesta mesma noite.

Levantam as mãos, juntam as palmas, encostam nelas o rosto e fecham os olhos. Entenderam. A magrinha, morena, ensaia uns passos de dança. A loura gorjeia:

– Pão... bom...

Asseguramos-lhes depressa que o traremos, e também outras coisas boas; reviramos os olhos e fazemos gestos significativos com as mãos. Leer quase se afoga, querendo explicar que levaria "um pedaço de linguiça". Se fosse necessário, prometer-lhes-íamos um depósito inteiro de mantimentos. Elas se vão, mas viram-se ainda muitas vezes. Subimos na margem do nosso lado para verificar se entram mesmo na tal casa, porque poderiam estar mentindo. Depois, nadamos de volta.

Sem licença, ninguém pode atravessar a ponte; por isso, simplesmente atravessaremos a nado, durante a noite. A excitação apodera-se de nós. Ficamos muito agitados e vamos, então, até a cantina, onde há cerveja e um tipo de ponche.

Bebemos ponche e inventamos histórias fantásticas, que um conta para o outro. Cada um procura acreditar com boa vontade e espera, impacientemente, pela sua vez de contar uma mentira maior. Nossas mãos estão inquietas, fumamos um cigarro atrás do outro, até que Kropp diz:

– Poderíamos levar-lhes, também, alguns cigarros.
– Então, nós os guardamos nos nossos gorros.

O céu torna-se verde-maçã. Somos quatro, mas só três podem ir; por isso, temos que nos desfazer de Tjaden. Oferecemos-lhe rum e ponche, até que perca o equilíbrio. Quando escurece, vamos para nossos alojamentos, levando Tjaden no centro. Estamos excitados e cheios de desejos de aventura. A morena delgada é minha: foi a que me coube, quando fizemos a partilha.

Tjaden cai na sua esteira e começa a roncar. De repente, acorda e nos dá um sorriso tão malicioso, que nos assustamos e chegamos a pensar que tivesse fingido e nos enganado, e que todo o ponche que lhe pagamos tivesse sido inútil. Mas ele cai para trás e pega novamente no sono.

Cada um de nós prepara um pão inteiro e embrulha-o em jornal. Juntamos os cigarros e, além disso, mais três generosas porções de pasta de fígado, que recebemos hoje à noite. Isto é que se chama um bom presente!

Guardamos tudo cuidadosamente nas botas, pois temos de levá-las para o outro lado, a fim de não pisar em arame farpado ou cacos de vidro. E, porque temos de nadar, não podemos levar roupa. Está escuro, e não fica longe.

Partimos com as botas na mão. Rapidamente, deslizamos para dentro da água; nadamos de costas, mantendo as botas e seu conteúdo acima da cabeça.

Na outra margem, subimos com cuidado, tiramos os embrulhos e calçamos as botas. Colocamos os presentes embaixo do braço. Assim, molhados e inteiramente nus, apenas com as botas, começamos a correr. Achamos logo a casa. Fica na escuridão do bosque. Leer tropeça numa raiz e esfola os cotovelos.

— Não faz mal — diz, alegremente.

Nas janelas, há venezianas. Rodeamos a casa e tentamos olhar pelas frestas.

Ficamos impacientes. Kropp para de repente.

— E se houver um major lá dentro com elas?

— Então, daremos o fora — brinca Leer. — Ele pode tentar ler o número de nosso regimento aqui — e dá uma palmada no traseiro.

A porta está aberta. Nossas botas fazem um certo ruído. Uma porta se abre, vê-se uma luz, uma mulher deixa escapar, assustada, um grito. No melhor francês que se sabe, dizemos-lhe:

— *Pst... Pst... camarade... bon ami...* — dizemos, e, ao mesmo tempo, erguemos nossos embrulhos no ar.

Agora aparecem as outras duas; a porta abre-se por inteiro e a luz nos ilumina. Elas nos reconhecem, e todas as três riem, descontraidamente, ao verem nossa indumentária. Riem tanto, que se torcem e balançam no umbral da porta. Como são insinuantes seus movimentos!

— *Un moment...*

Elas desaparecem e nos atiram peças de roupa, nas quais nos enrolamos de qualquer maneira. Então, recebemos permissão para entrar. Um pequeno lampião arde no quarto; faz calor e sente-se um leve perfume. Desembrulhamos nossos presentes. Seus olhos brilham, vê-se que têm fome.

Depois, ficamos todos um pouco sem jeito. Leer finge que quer comer. Então, tudo se reanima, elas vão buscar pratos e facas, atiram-se à comida, levantando cada rodela de linguiça no ar, com olhares de admiração. Nós ficamos muito orgulhosos.

Elas nos cobrem de palavras... pouco entendemos do que dizem, mas sentimos que são palavras amigas. Talvez lhes pareçamos muito jovens. A moreninha passa a mão pelos meus cabelos e diz o que todas as francesas dizem:

– *La guerre... grand malheur... pauvres garçons...*

Aperto seu braço com força e encosto minha boca na palma de sua mão. Seus dedos fecham-se em torno do meu rosto. Bem junto, para cima de mim, estão seus olhos provocantes, o moreno aveludado da pele e os lábios vermelhos. A boca diz palavras que não compreendo. Também não entendo seus olhos, parecem dizer mais do que esperávamos quando viemos para cá.

Ao lado, há outros quartos. Quando me dirijo para um deles, vejo Leer, que faz muito sucesso com a loura. Ele já conhece essas coisas. Mas eu... estou perdido em algo muito remoto, feito de doçura e de violência, e deixo-me arrastar. Meus desejos são confusos... quero dar-me e quero recusar-me. Minha cabeça roda, e aqui não há nada em que possa me apoiar. Deixamos nossas botas na porta, e emprestaram-nos chinelos; agora, não há mais nada que me lembre a firmeza e a autoconfiança do soldado; nada de fuzil, nada de cinturão, nada de casaco, nem capacete. Abandono-me ao desconhecido, aconteça o que acontecer... e, no entanto, tenho um pouco de medo.

A morena esguia mexe com as sobrancelhas quando fica pensativa; mas ficam imóveis quando ela fala. Às vezes, o som nem chega a traduzir-se em palavras, é abafado ou passa vagamente sobre minha cabeça; é como um arco, uma trajetória, um cometa. Que sabia eu de tudo isso... o que sei disso? As palavras dessa língua estrangeira, que mal entendo, elas me acariciam, fazendo com que mergulhe numa grande calma, em que o quarto quase se dissolve na meia-luz, e só o semblante que se debruça sobre mim vive e se distingue.

Como é cheio de sutileza um rosto que me era estranho ainda há pouco e que, neste momento, mostra uma ternura que não nasce dele próprio, mas da noite, do mundo e do sangue, que parecem brilhar juntos nele! Os objetos do quarto são por ele tocados e transformados, tomam um aspecto particular, e quase tenho medo de minha pele clara, quando a luz se reflete nela e a mão morena e fresca me acaricia.

Como tudo isso é diferente do bordel de soldados, onde temos permissão de ir, e onde se tem que fazer fila. Não gostaria de pensar nisso; mas, involuntariamente, o desejo faz minha mente voltar-se para essa recordação, e eu me assusto, porque talvez nunca mais consiga me libertar dela.

Mas, então, sinto os lábios da morena delgada e atiro-me a eles: fecho os olhos e, com esse gesto, gostaria de apagar tudo, a guerra, os seus horrores e suas ignomínias, para despertar jovem e feliz; penso na moça do cartaz e creio, por um instante, que a minha vida depende de eu conquistá-la.

E, se eu me afundar cada vez mais nestes braços que me envolvem, talvez aconteça um milagre...

Sem saber como, encontramo-nos novamente todos juntos. Leer está com um ar triunfante. Despedimo-nos efusivamente e enfiamos as botas. O ar da noite refresca nossos corpos quentes. Os choupos murmuram na escuridão. A lua brilha no céu e na água do canal. Não corremos... andamos um ao lado do outro, com passos largos. Leer diz:

– Valeu um pão inteiro!

Não consigo decidir-me a falar, não estou alegre. Então, escutamos passos e abaixamo-nos atrás de um arbusto.

Os passos aproximam-se bem de nós. Vemos um soldado nu, de botas, exatamente como nós, carregando um embrulho embaixo do braço. É Tjaden que passa correndo e logo desaparece.

Começamos a rir. Amanhã, vai nos amaldiçoar. Sem que ninguém nos veja, alcançamos nossas esteiras.

Sou chamado à secretaria. O comandante da Companhia me entrega a papeleta da licença e uma passagem de trem e deseja-me boa viagem. Verifico a quantos dias tenho direito. São dezessete ao todo: catorze de licença e três para a viagem. É muito pouco, e pergunto se não podem me conceder mais cinco dias para a viagem. Bertinck aponta para a minha papeleta. Então, pela primeira vez, vejo que não terei de voltar logo para a frente. Devo apresentar-me, depois da licença, a um curso de treinamento num acampamento nas *landes*.

Os outros ficam com inveja de mim. Kat me dá bons conselhos, ensinando como agir para não retornar ao front.

– Se for esperto, ficará por lá.

A bem da verdade, teria preferido partir só daqui a uns oito dias; porque durante esse tempo poderíamos ficar aqui, onde nos sentimos bem.

É claro que tenho de pagar bebidas para todos na cantina. Estamos todos um pouco bêbados. Sinto-me triste; passarei seis semanas na retaguarda, o que, naturalmente, é uma grande sorte, mas que poderá acontecer enquanto estiver ausente? Será que ainda encontrarei todos aqui? Haie e Kemmerich já se foram; quem será o próximo?

Enquanto bebemos, olho-os um por um. Albert está sentado ao meu lado e fuma, bem-humorado; sempre fomos bons amigos. Em frente, está Kat, com os ombros caídos, os polegares largos e a voz calma; Müller, dentuço, com o riso sonoro; Tjaden, com seus olhos de camundongo; Leer, que deixou crescer uma barba cerrada e parece ter no mínimo quarenta anos.

Paira no ar uma espessa fumaça. Que seria de um soldado sem o fumo?! A cantina é o seu refúgio; a cerveja, mais do que uma bebida, é uma demonstração de que se pode, sem perigo, desdobrar e estender as pernas e os braços. E não temos meias medidas: as pernas estão estiradas na nossa frente e cuspimos propositadamente à nossa volta. Como tudo isso se destaca para quem vai partir amanhã!

À noite, voltamos para o outro lado do canal. Tenho quase medo de dizer à morena esguia que vou partir e que, quando voltar, certamente nos mandarão para outro lugar; assim, não voltaremos a nos ver. Mas ela limita-se a fazer alguns sinais com a cabeça e não parece muito impressionada. No princípio, não consigo entender bem isso, mas depois compreendo. Sim, Leer tem razão: se tivesse sido mandado para a frente, ela teria dito novamente: *pauvre garçon*! Mas um soldado que entra de licença... não causa grandes preocupações, não é tão interessante. Que ela vá para o diabo, com seus gorjeios e o seu palavreado! A gente acredita em milagres e depois... é só o efeito do pão.

Na manhã seguinte, depois de ser novamente despiolhado, vou para a estrada de ferro. Albert e Kat acompanham-me. Na estação, ouvimos dizer que o trem provavelmente só partirá daqui a umas duas horas. Os dois têm de voltar para o serviço. Despedimo-nos.

– Boa sorte, Kat! Tome cuidado, Albert!

Eles vão embora e, por diversas vezes, ainda acenam. Seus vultos diminuem. Conheço todos os seus passos e movimentos, reconhecê-los-ia de longe. Agora desapareceram.

Sento-me na mochila e espero.

De repente, uma impaciência louca se apossa de mim: só penso em partir.

Paro em várias estações; fico na fila diante de muitos caldeirões de sopa, estendo-me em diversos bancos de madeira; mas, por fim, a paisagem lá fora torna-se ao mesmo tempo perturbadora, inquietante e familiar. Pelas janelas, na luz do entardecer, deslizam os vilarejos: os telhados de colmo parecem gorros enterrados nas casas caiadas dos operários; os milharais brilham como madrepérola, sob a luz oblíqua; vejo os pomares, os celeiros e as velhas tílias.

Os nomes das estações adquirem significados que fazem tremer meu coração. O trem avança, trepidante; fico na janela e apoio-me no caixilho. Esses nomes são marcos na minha juventude!

Prados, planície, campos, pátios de fazendas; uma parelha de bois passa solitária, recorta-se na linha do horizonte, no caminho que corre paralelo a ele. Passa uma cancela, onde esperam os camponeses; as garotas acenam; crianças brincam ao longo das estradas; são caminhos planos, lisos e sem artilharia.

Anoitece, e se não fosse o chacoalhar do trem acho que começaria a gritar. A planície desdobra-se, extensa; a silhueta das montanhas começa a desenhar-se ao longe, num azul suave. Reconheço o contorno característico do monte Dolben, uma crista denteada que se rompe abruptamente onde termina a copa das árvores da floresta. Logo adiante, vai aparecer a minha cidade.

Mas agora a luz de um vermelho-dourado flui sobre a terra, confundindo-se com ela. O trem entra assobiando numa curva, depois em outra, e, irreais, confusos e sombrios, erguem-se ao longe os choupos, um após o outro, numa longa fileira, feitos de sombras, de luz e de desejo.

O campo vai girando, à medida que o trem o contorna, e os intervalos entre as árvores diminuem; estas tornam-se um só bloco, e, por um instante, vejo apenas uma; depois, reaparecem à frente da primeira e destacam-se numa linha comprida, tendo ao fundo o céu, até ficarem escondidas pelas primeiras casas.

Uma passagem de nível. Fico na janela, não consigo me afastar dela. Os outros arrumam suas coisas para desembarcar. Repito para mim mesmo a meia-voz o nome da rua que atravessamos. Vejo ciclistas e homens que passam; é uma rua cinzenta e um subterrâneo cinzento – abraçam-me como se fossem minha mãe.

Então o trem para, e lá está a estação, cheia de ruídos, gritos e cartazes. Apanho a minha mochila e prendo-a nos ombros, pego meu fuzil e desço os degraus aos tropeções.

Na plataforma, olho em redor; não conheço nenhuma dessas pessoas que correm de um lado para o outro. Uma enfermeira da Cruz Vermelha oferece-me algo para beber. Afasto-me; ela sorri, com um ar tolo, toda convencida de sua importância. Ela me chama de "companheiro"; era só o que me faltava! Mas, fora da estação, do outro lado da rua, o riacho borbulha; brota, espumante e branco, das eclusas de um moinho. A velha torre quadrada do vigia ergue-se bem em frente da tília colorida; e, lá atrás, o entardecer.

Aqui nos sentávamos muitas vezes... há quanto tempo! Atravessávamos esta ponte e respirávamos o cheiro úmido e acre da água estagnada; debruçávamo-nos sobre a mansa corrente deste lado da represa, onde as trepadeiras verdes entrelaçavam-se com as algas penduradas das pilastras da ponte; e, nos dias quentes, do outro lado da represa, brincávamos com os esguichos de espuma e falávamos dos nossos professores.

Atravesso a ponte; olho para a direita e para a esquerda; a água continua cheia de algas e ainda jorra ruidosamente, caindo em arcos brancos e reluzentes. Na velha torre estão as passadeiras, como nos velhos tempos, com os braços descobertos diante da roupa branca, e o calor dos ferros de engomar sai em golfadas pelas janelas abertas. Cachorros andam pela rua estreita; nas portas das casas, há pessoas que me veem passar, sujo e carregado.

Era nesta confeitaria que costumávamos tomar sorvete, e aqui aprendemos a fumar. Caminhando pela rua, reconheço todas as casas: a mercearia, a farmácia, a padaria. E, finalmente, aqui estou, diante da porta escura, com a maçaneta já gasta, e a minha mão torna-se pesada. Abro a porta e um maravilhoso frescor me recebe, vem ao meu encontro, fazendo meus olhos se semicerrarem. Sob minhas botas, a escada range. Lá em cima, abre-se uma porta, alguém espia por cima do corrimão. Foi a porta da cozinha que acabaram de abrir; estão fritando bolinhos de batata; a casa toda cheira a bolinhos: é claro, hoje é sábado; deve ser minha irmã que se debruça lá em cima. Por um instante fico envergonhado e baixo a cabeça; depois, tiro o capacete e olho para cima. Sim, é minha irmã mais velha.

– Paul! – grita ela. – Paul!

Aceno com a cabeça, minha mochila esbarra no corrimão, o fuzil está tão pesado.

Ela escancara uma porta e grita:

– Mãe, mãe, Paul está aqui!

Não consigo mais andar.

– Mãe, mãe, Paul está aqui!

Encosto-me na parede e aperto nervosamente meu capacete e meu fuzil: aperto-os tanto quanto posso, mas não consigo dar mais um passo, a escada dissolve-se diante dos meus olhos, apoio-me com a coronha nos pés e cerro os dentes, com força, mas o que minha irmã disse me deixou sem forças, esforço-me terrivelmente para rir e falar, mas não consigo articular uma palavra, e assim fico na escada, infeliz, inútil e paralisado, e, contra a minha vontade, as lágrimas deslizam-me pelo rosto.

Minha irmã volta e pergunta:

— Mas que tem você?

Então, com grande esforço, recomponho-me e tropeço pela escada acima, até a entrada. Encosto a mochila na parede, o fuzil a um canto, e penduro nele o capacete, tirando também o cinturão. Depois, digo, irritado:

— Vamos, dê-me logo um lenço!

Ela tira um lenço do armário, e enxugo o rosto. Em cima de mim, na parede, há uma caixa de vidro com as borboletas coloridas que eu antigamente colecionava.

Agora, ouço a voz de minha mãe, lá do quarto.

— Ela está de cama? — pergunto à minha irmã.

— Está doente — responde.

Entro e aproximo-me dela, dou-lhe minha mão e digo, procurando demonstrar calma:

— Estou aqui, mamãe.

Está deitada, imóvel, na penumbra. Enquanto percorre meu corpo com seu olhar ansioso, pergunta:

— Você está ferido?

— Não, estou de licença.

Minha mãe está muito pálida. Tenho medo de vê-la na luz.

— Veja só: estou aqui chorando — diz ela —, em vez de me alegrar.

— Você está doente, mamãe? — pergunto.

— Hoje vou me levantar um pouco — diz ela, e volta-se para minha irmã, que não para de ir à cozinha a todo instante, para ver se a comida não queimou.

— E abra aquele vidro de mirtilos em conserva; você gosta muito, não é? – pergunta.

— Sim, mamãe, faz tanto tempo que não como isto.

— Parece que adivinhamos que você viria – ri minha irmã. – Bolinho de batata é justamente o seu prato predileto, e agora terá também mirtilos.

— E é sábado – acrescento.

— Sente-se aqui perto de mim – diz mamãe.

Ela olha para mim. Suas mãos são brancas, doentes e frágeis, comparadas com as minhas. Trocamos poucas palavras, e sou-lhe grato por nada perguntar. Que poderia eu dizer? Tudo que poderia desejar aconteceu: escapei ileso e estou sentado aqui a seu lado. E, na cozinha, lá está minha irmã preparando o jantar e cantando.

— Meu garoto – diz minha mãe, baixinho. Nunca fomos dados a grandes demonstrações de carinho na nossa família; isso não é comum entre gente pobre, que tem de trabalhar muito, sempre sob o peso das preocupações. Não gostam de repetir o que já sabem. Quando minha mãe me chama de "meu garoto", isto significa tanto quanto as expressões mais efusivas ditas por qualquer outra pessoa. Bem sei que o vidro de mirtilos é o único que têm há muitos meses e que o guardaram para mim, exatamente com os biscoitos, já com gosto de velhos, que ela agora me dá. Sem dúvida, recebeu-os numa oportunidade qualquer e logo os escondeu para mim.

Estou sentado ao lado de sua cama, e pela janela brilham os castanheiros marrons e dourados que se acham no jardim do café em frente. Inspiro e expiro lentamente e digo para mim mesmo: "Você está em casa, você está em casa".

Mas continuo a sentir-me um tanto deslocado, ainda não consegui me familiarizar com tudo isto.

Aqui está minha mãe, aqui está minha irmã; e lá, a minha caixa de borboletas e o piano de mogno, mas eu mesmo ainda não estou por inteiro aqui. Entre nós há ainda uma distância, um véu.

Vou buscar a minha mochila e trago-a até a cama, retirando tudo que trouxe: um queijo holandês inteiro, que Kat arranjou para mim; dois pães de munição, três quartos de libra de manteiga, duas latas de pasta de fígado, uma libra de gordura e um saquinho de arroz.

– Com certeza podem fazer uso disto...

Fazem um gesto afirmativo com as cabeças.

– A comida aqui é muito difícil? – pergunto.

– Sim, não há muito. Lá fora vocês recebem bastante?

Sorrio e aponto para as coisas que trouxe.

– É claro que nem sempre há tanto, mas não chega a faltar nada.

Erna leva os alimentos. Minha mãe, de repente, segura minha mão com ímpeto e pergunta, hesitante:

– É dura a vida nas trincheiras, Paul?

– Mãe, que devo responder a isto? Você não entenderia e nunca poderia imaginá-lo. E não deveria imaginá-lo. Foi duro?, você pergunta, você, mãezinha – sacudo a cabeça e digo: – Não, mamãe, nem tanto. Há muitos companheiros e estamos sempre juntos, o que torna as coisas mais fáceis.

– É, mas há pouco tempo Heinrich Bredemeyer esteve aqui e contou que agora é terrível lá na frente, com gás e todo o resto.

É minha mãe quem diz isto: "Com gás e todo o resto"? Ela não sabe o que diz, apenas sente medo por mim. Devo contar-lhe que, uma vez, descobrimos três trincheiras inimigas, onde todos estavam solidificados nas suas posições, como que abatidos por um raio? Nos parapeitos, nos abrigos onde por acaso foram surpreendidos, ficaram de pé ou deitados, os homens mortos com os rostos azuis.

– Ah, mamãe, o que se diz por aí são só boatos... – respondo. – Bredemeyer fala por falar. Você não vê? Estou bem-disposto, com saúde.

Diante da preocupação de minha mãe, reencontro minha calma. Agora, já consigo andar, falar e responder, sem medo de ter de me apoiar de repente na parede, porque o mundo torna-se mole como borracha, e as veias, secas como iscas.

Minha mãe quer levantar-se; enquanto isso, vou à cozinha falar com minha irmã.

– Que tem ela? – pergunto.

Erna encolhe os ombros.

– Está de cama já há alguns meses, mas não queria que lhe disséssemos. Vários médicos vieram examiná-la. Um deles disse que certamente é o câncer de novo.

Vou ao destacamento militar para me apresentar. Ando lentamente pelas ruas. Vez por outra, alguém me cumprimenta. Não paro muito tempo, porque não estou com a menor vontade de falar.

Quando volto do quartel, uma voz forte me chama. Ainda perdido nos meus pensamentos, viro-me e me vejo diante de um major. Dirige-se a mim com rispidez:

– Não sabe bater continência?

– Queira desculpar, major – digo, confuso. – Não o tinha visto.

Grita mais alto ainda:

– Também não sabe falar como deve?

Gostaria de dar-lhe uma bofetada, mas controlo-me, pois, do contrário, lá se vai minha licença; eu me aprumo, na posição de sentido, bato os calcanhares, e digo:

– Não o vi, meu major.

– Então, faça o favor de prestar mais atenção – vocifera. – Como se chama?

Dou o meu nome.

Seu rosto vermelho, gordo, ainda mostra indignação.

– Qual é o regimento?

Respondo de acordo com o regulamento. Ainda não é o suficiente para ele.

– Onde se encontra a sua Companhia?

Mas, agora, não aguento mais e digo:

– Entre Langemark e Bixschoote.

– O quê? – pergunta perplexo.

Explico-lhe que cheguei há uma hora, de licença, e suponho que então ele vá me deixar em paz.

Mas eu me engano. Fica ainda mais furioso:

– Certamente acha que pode trazer para cá os maus costumes do front, não é? Pois está redondamente enganado. Graças a Deus, aqui domina a ordem! Vinte passos à retaguarda, marche – comanda.

Dentro de mim, ferve uma raiva surda.

Mas nada posso fazer, mandar-me-ia prender imediatamente, se quisesse. Então, recuo, avanço, e, seis metros à sua frente, contraio-me numa continência garbosa, que só relaxo quando me encontro a seis metros de distância.

Ele me chama novamente e, com benevolência, me explica que mais uma vez está colocando a piedade acima do regulamento. Mostro-me devidamente agradecido.

– Pode retirar-se – comanda.

Dou meia-volta e vou embora.

Foi o suficiente para estragar-me a noite. Apresso-me a ir para casa e jogo a farda a um canto; aliás, era o que já deveria ter feito. Em seguida, apanho meu terno no armário e visto-o.

Sinto-me totalmente estranho. O terno fica um tanto curto e apertado, porque cresci enquanto estava lá na tropa. O colarinho e a gravata me dão algum trabalho. No fim, minha irmã é quem dá o nó. Como é leve um terno: é como se estivesse só de ceroulas e de camisa. Olho-me no espelho. É uma estranha imagem: parece um comungante, queimado pelo sol, que cresceu depressa demais.

Minha mãe fica contente por eu estar à paisana; pareço mais próximo dela. Mas meu pai preferia que estivesse de farda, gostaria que eu fosse com ele assim visitar os amigos.

Mas recuso-me a acompanhá-lo.

Como é agradável ficar sentado tranquilamente em algum lugar, como, por exemplo, no café que fica no jardim em frente aos castanheiros, perto do boliche. As folhas caem sobre a mesa e no chão. São poucas, são as primeiras. Tenho diante de mim um caneco de cerveja, aprendi a beber na tropa. O caneco está pela metade, mas ainda há uns bons goles gelados para saborear, e, além disso, posso pedir um segundo e um terceiro, se quiser. Não há chamada nem bombardeio, os filhos do dono brincam na pista do boliche, e o cachorro vem encostar a cabeça no meu joelho. O céu está azul; por entre o verde dos castanheiros, ergue-se a torre da igreja de Santa Margarida. Como isto é bom, como gosto de tudo. Mas não consigo me entender com as pessoas. A única que nada pergunta é minha mãe. Mas, com meu pai, já é diferente. Gostaria que lhe falasse sobre o front, tem uma curiosidade que acho ao mesmo tempo tola e comovente; perdi a intimidade que tinha com ele. Compreendo que não saiba que essas coisas não podem ser contadas, apesar de ter vontade de agradar-lhe; mas é muito perigoso para mim transformar os acontecimentos em palavras: tenho medo de que eles então se agigantem de tal modo que eu não consiga mais dominá-los. Onde estaríamos, se tudo que nos acontece no campo de batalha fosse muito claro para nós?

Assim, limito-me a contar-lhe algumas coisas divertidas. Mas ele me pergunta se eu já participei de algum combate corpo a corpo. Digo que não e levanto-me para sair.

Não posso felicitar-me por essa decisão. Depois de me assustar algumas vezes na rua, porque o guinchar dos bondes parece-se com o das granadas, alguém me bate no ombro. É meu professor de alemão, que me criva com as mesmas perguntas de sempre:

– Então, como é que vão as coisas lá fora? Terrível, terrível, não é? É, é horroroso, mas temos de aguentar, não é? E, afinal, pelo que me contam, lá vocês têm boa comida, pelo menos. E, Paul, você está muito bem, forte. Aqui, naturalmente, é pior, muito pior, evidentemente, mas entende-se: sempre o melhor para os nossos soldados!

Ele me arrasta até a sua mesa habitual, onde estão muitos outros. Sou festivamente recebido, um diretor de qualquer coisa aperta-me a mão e diz:

– Quer dizer que está voltando do front? Como anda o moral da tropa? Excelente, excelente, não é?

Explico que todos querem vir para casa.

Ele ri fragorosamente.

— Acredito! Mas primeiro vocês precisam dar uma boa lição nos franceses! Fuma? Aqui, tome um destes. Garçom, traga uma cervejinha para o nosso jovem guerreiro.

Infelizmente aceitei o charuto e, por isto, sou obrigado a ficar. Todos derramam amabilidades; nada posso fazer. Mesmo assim, fico irritado. Para demonstrar um mínimo de reconhecimento, entorno o copo de cerveja de um só trago. Imediatamente, pedem um segundo copo para mim; as pessoas sabem o quanto devem a um soldado. Discutem sobre os territórios que devemos anexar. O diretor com o relógio de corrente dourada quer pelo menos toda a Bélgica, as regiões carboníferas da França e grandes áreas da Rússia.

Dá razões precisas pelas quais temos de conquistar tudo isso e mantém-se inflexível, até que os outros finalmente cedem aos seus argumentos. Em seguida, começa a explicar onde deveria ser aberta a brecha nas linhas francesas e volta-se para mim:

— Agora, acabem com esta eterna guerra de trincheiras. Deem-lhes uma lição e logo teremos paz.

Respondo que, na minha opinião, é impossível romper as linhas inimigas, porque dispõem de grandes reservas. Além disto, a guerra é muito diferente do que se pensa.

Elde rejeita essa ideia, com superioridade, e me informa que não entendo nada desse assunto.

— É claro que tem razão quanto aos detalhes – diz ele. – Mas o importante é o conjunto, e este o senhor não está em condições de julgar. Vê apenas o seu setor e, por isso, não pode ter uma visão global. Cumpre o seu dever, arrisca sua vida e merece, portanto, as maiores homenagens... todos os soldados deveriam receber a Cruz de Ferro... mas, antes de tudo, a frente inimiga precisa ser rompida em Flandres, e, depois, é necessário fazer o inimigo ceder de alto a baixo por meio de movimentos envolventes.

Funga e limpa a barba.

— É preciso fazer ceder de alto a baixo, e em seguida... para Paris.

Gostaria de saber exatamente como imagina tudo isso; tomo a terceira cerveja, e ele imediatamente manda trazer outra.

Mas eu me retiro. Ele ainda me empurra alguns charutos no bolso e deixa-me com um tapinha amigável.

– Desejo-lhe tudo de bom! Espero que ouçamos falar em breve de seus feitos heroicos.

Imaginava a licença de modo inteiramente diverso. Há um ano, de fato, teria sido mesmo diferente. Com certeza, fui eu quem mudou nesse intervalo. Entre aquela época e hoje há um abismo. Naquela ocasião, ainda não conhecia a guerra; estávamos em áreas mais calmas. Hoje, reparo que, sem perceber, fiquei desiludido. Não consigo mais me orientar, é um mundo desconhecido. Alguns perguntam, outros não perguntam, e vê-se que eles se orgulham disso; frequentemente, chegam até a dizer, com um ar de compreensão e superioridade, que não se pode falar sobre essas coisas.

Prefiro ficar sozinho; assim, ninguém me irrita, porque todos voltam sempre ao mesmo tema, como tudo vai mal, como tudo vai bem; um acha isto, o outro, aquilo... acabam sempre falando do que lhes interessa pessoalmente. Antigamente, devo ter sido assim também, mas hoje não me sinto mais ligado a isso.

Falam demais. Têm preocupações, objetivos e desejos que eu não entendo. Às vezes, sento-me com um deles no pequeno jardim do café e tento explicar-lhe que o importante, afinal, é ficar sentado assim, tranquilamente, como agora. Compreendem, é claro, e o admitem; chegam até a concordar, mas só com palavras, isto é... sentem-no, mas só pela metade, o resto de seu ser está ocupado com outros assuntos; estão de tal forma divididos dentro de si próprios que nenhum deles sente-o com toda a sua alma; até mesmo eu não consigo expressar claramente o que penso.

Quando os vejo assim, nos seus quartos, nos seus escritórios, entregues aos seus afazeres, sinto-me irresistivelmente atraído, queria ficar aqui também e esquecer a guerra; mas, ao mesmo tempo, isso também me repugna, tudo é tão mesquinho, como pode encher uma vida?... é preciso acabar com isso. Como podem ser assim, enquanto lá fora os estilhaços zunem sobre as trincheiras e os foguetes luminosos sobem, os feridos são arrastados em lonas para a retaguarda e os companheiros abaixam-se nas trincheiras?

Estes são outros homens, homens que não compreendo bem, de quem tenho inveja e que desprezo. Tenho de pensar em Kat, e Albert Müller e Tjaden, que estarão fazendo? Devem estar sentados na cantina, ou talvez estejam nadando: em breve serão obrigados a voltar para o front.

No meu quarto, atrás da mesa, há um sofá de couro marrom. Sento-me nele. Nas paredes, vejo as estampas que costumava recortar das revistas. No meio, presos por tachinhas, cartões-postais e desenhos que me agradavam. No canto, um pequeno fogareiro. Na parede em frente, a estante com meus livros. Era neste quarto que vivia antes de ser soldado. Os livros, eu os comprava aos poucos com o dinheiro que ganhava dando aulas; muitos deles, de segunda mão: todos os clássicos, por exemplo, encadernados em linho azul, custavam um marco e vinte *pfennige* o volume. Comprei a coleção completa, pois sempre fui meticuloso, não confiava em editores de trechos escolhidos; duvidava sempre de que tivessem selecionado o melhor. Por isso, só comprava "Obras Completas". Lia-as com um entusiasmo honesto, mas a maioria não me agradava muito. Preferia os outros livros, os mais modernos, que, naturalmente, eram mais caros. Adquiri alguns de maneira não muito honesta: pedia-os emprestado e não os devolvia, porque não conseguia mais separar-me deles.

Uma prateleira da estante está cheia de livros escolares. Estão malcuidados e muito folheados, e há páginas que foram arrancadas, sabe-se bem com que intenção. Mais abaixo, estão os cadernos, os papéis e as cartas, misturados aos desenhos e esboços.

Quero projetar-me no pensamento daquela época. Ela ainda está no quarto, eu sinto, as paredes conservaram-na. Minhas mãos descansam no espaldar do sofá; depois, ajeito-me confortavelmente, puxo as pernas para cima, assim fico aconchegado a um canto, nos braços do sofá. Pela pequena janela aberta, vejo a imagem familiar da rua com a torre da igreja que se ergue ao fundo. Há flores em cima da mesa. Porta-canetas, lápis, uma concha como peso de papel, o tinteiro – aqui, nada mudou.

O aspecto há de ser o mesmo, se tiver sorte, quando a guerra acabar e eu voltar para sempre. Sentar-me-ei exatamente desta maneira, olharei o meu quarto e esperarei...

Estou agitado, mas não é isso que desejo, pois não está certo. Quero sentir novamente aquele deslumbramento calmo, aquela sensação poderosa e inexplicável que me envolvia quando me voltava para os livros. O vento dos desejos que então se desprendia das capas coloridas dos livros deve se apossar de mim novamente, para derreter o pesado bloco morto de chumbo que se encontra em algum lugar dentro de mim, e despertar de novo a impaciência do futuro, a alegria alada do mundo dos pensamentos; deve devolver-me a perdida disposição de minha juventude. Aqui estou, e espero.

Lembro-me agora de que devo visitar a mãe de Kemmerich; poderia visitar Mittelstaedt também... deve estar no quartel. Olho pela janela: por trás da rua ensolarada aparece, distante e leve, uma colina; tudo se transforma em um dia claro de outono, e estou sentado perto do fogo, junto com Kat e Albert, comendo batatas assadas na casca.

Mas não quero pensar nisso, afasto a recordação. O quarto deve falar, deve se levantar e me prender; quero sentir que este é o meu lugar e que a ele pertenço, e ouvir sua voz para saber que, quando voltar à frente a guerra se apagará, que ela desaparecerá quando vier a grande vaga da volta ao lar; saber que tudo, então, estará terminado e não mais nos atormentará, e que sobre nós exercerá apenas um poder exterior.

As lombadas dos livros alinham-se uma ao lado da outra. Ainda os conheço e me lembro de como as arrumei. Suplico-lhes com os olhos. Falem comigo... recebam-me... receba-me, vida da minha juventude, você que é despreocupada e bela... receba-me novamente...

Espero... espero.

As imagens flutuam pelo meu pensamento, mas não se fixam, são apenas sombras e lembranças.

– Nada – nada...

Minha inquietação aumenta...

Subitamente, uma terrível sensação surge em mim: sou um estranho aqui. Não encontro o caminho de volta, estou excluído; por mais que peça e me esforce, nada se move; isolado e triste, estou sentado aqui como um condenado, enquanto o passado se afasta. Ao mesmo tempo, sinto medo de evocá-lo demais, porque não sei o que poderia acontecer então. Sou um soldado; é preciso que eu não saia do meu papel.

Cansado, levanto-me e olho pela janela. Depois, pego um dos livros e o folheio, tentando ler, mas abandono-o e pego outro. Há trechos que estão sublinhados. Procuro, folheio, retiro novos livros. Já se forma uma pilha a meu lado. Outros se juntam ainda mais depressa aos primeiros... e também papéis, cadernos, cartas.

Silencioso estou diante deles. Como num tribunal.

Sem forças.

Palavras, palavras, palavras... elas não me alcançam.

Lentamente, reponho os livros nos seus lugares.

Acabou-se.

Sem ruído, saio do quarto.

Ainda não me entrego. É bem verdade que não entro mais no meu quarto, mas consolo-me com o fato de que estes poucos dias não precisam obrigatoriamente ser um fim. Terei tempo mais tarde. Tenho muitos anos pela frente.

Então, resolvo visitar Mittelstaedt no quartel. Sentamo-nos no seu quarto, onde há uma atmosfera de que não gosto, mas à qual estou habituado.

Mittelstaedt tem uma novidade que me surpreende bastante. Conta-me que Kantorek foi mobilizado como miliciano.

– Imagine você – diz ele, tirando dois bons charutos do bolso –, estou voltando do hospital, e dou de cara com ele. Estende-me a pata e grunhe: "Olá, Mittelstaedt, como vai?". Olho para ele e respondo: "Miliciano Kantorek, amigos, amigos... negócios à parte: o senhor deveria sabê-lo melhor do que ninguém. Fique em posição de sentido quando estiver falando a um superior". Precisava ver a expressão dele! Uma mistura de pepino em conserva e uma granada que falhou. Timidamente, faz nova tentativa de aproximação. Então, eu lhe falo mais rudemente. Em seguida, recorre ao seu trunfo mais poderoso, perguntando confidencialmente: "Gostaria que eu usasse de minha influência para recomendá-lo para um exame de época especial?". Estava tentando lembrar-me de que ainda tinha poderes sobre mim. Então, a raiva me dominou e eu também obriguei-o a recordar-se de algumas coisas: "Miliciano Kantorek, há dois anos o senhor nos fez um sermão para que nos alistássemos; Josef Behm estava conosco e não queria apresentar-se. Morreu três meses antes da data em que teria sido mobilizado por lei. Sem o senhor, teria esperado e vivido mais um pouco. Agora, retire-se. Ainda nos veremos". Foi fácil conseguir que me designassem para sua companhia. Para começar, arranjei-lhe um belo equipamento. Você logo verá.

Vamos até o pátio. A companhia está formada. Mittelstaedt dá ordem de "descansar" e passa-a em revista.

Então, vejo Kantorek, e sou obrigado a morder os lábios para não rir. Está com uma túnica de abas, de um azul desbotado. Nas costas e nas mangas, veem-se grandes remendos escuros. A túnica deve ter pertencido a um gigante. Em contrapartida, as calças, pretas e gastas, estão curtas demais: mal chegam até a barriga da perna. Por outro lado, os sapatos, bem folgados, são duros como ferro, velhíssimas canoas, com as biqueiras voltadas para cima, ainda do tipo que se ata dos lados. Em compensação, o gorro é pequeno demais, está horrivelmente sujo, um mísero gorro. A impressão geral é lamentável.

Mittelstaedt para diante dele.

— Miliciano Kantorek, chama a isto de botão polido? Parece que nunca aprende. Medíocre, Kantorek, insuficiente...

Íntimamente, eu me regozijo. Era assim que Kantorek costumava criticar Mittelstaedt no colégio, com a mesma expressão e o mesmo tom de voz:

— Medíocre, Mittelstaedt, insuficiente...

Mittelstaedt continua criticando:

— Repare bem no Boettcher, deveria seguir seu exemplo.

Não acredito nos meus próprios olhos. Boettcher está lá

também, o velho Boettcher, porteiro do nosso colégio. E esse é o modelo! Kantorek lança-me um olhar como se me quisesse fuzilar. Mas eu apenas dou-lhe um sorriso inocente, como se nem o reconhecesse mais.

Como parece imbecil com o farrapo de gorro e sua farda! E é disto aqui que tínhamos pavor, quando se sentava a sua mesa como num trono, nos espetava com o lápis, quando errávamos os verbos irregulares franceses, que depois, na França, não nos serviram para nada. Foi apenas há dois anos, e agora, eis o miliciano Kantorek, bruscamente despojado de seu prestígio, com os joelhos e braços tortos como alças de panelas, botões sem brilho e postura ridícula – uma caricatura de soldado. Não consigo mais relacioná-lo à imagem ameaçadora do professor e gostaria mesmo de saber o que faria eu, velho soldado, se essa figura lamentável alguma vez ousasse voltar a me perguntar:

– Baümer, qual é o imperfeito do verbo *aller*?

Então Mittelstaedt ordena a formação em linha de atiradores, e Kantorek, como favor especial, é escolhido líder do grupo.

Isto significa o seguinte: o chefe do grupo, em linha de atiradores, é obrigado a ficar sempre vinte passos à frente desse grupo; à voz de comando: "meia-volta volver", a linha de atiradores limita-se a girar sobre si mesma, mas o chefe de grupo, que ficou dessa forma, vinte passos à retaguarda, tem de avançar correndo para chegar aos seus vinte passos à frente do grupo. Assim, são quarenta passos. Mas, mal chega ao seu lugar, lá vem novamente o comando: "meia-volta volver", e ele, rapidamente, precisa percorrer outra vez os quarenta passos para o outro lado. Dessa maneira, o grupo, tranquilamente, faz a sua meia-volta e alguns passos a mais, enquanto o chefe vai e volta, a toda velocidade. Esta era uma das receitas preferidas de Himmelstoss.

Kantorek não podia esperar outro tratamento de Mittelstaedt, pois uma vez impediu sua promoção à série seguinte, e Mittelstaedt seria um idiota se não se aproveitasse desta boa oportunidade, antes de voltar para a frente de batalha. Morre--se, talvez, mais satisfeito, quando o exército oferece uma chance como esta.

Nesse ínterim, Kantorek precipita-se de um lado para o outro como um javali assustado. Depois de algum tempo, Mittelstaedt manda parar, e agora começa o importante exercício de rastejar. Sobre os joelhos e os cotovelos, na posição regulamentar, Kantorek arrasta sua figura absurda pela areia, bem junto a nós. Respira com dificuldade, e seu ofegar é música para os nossos ouvidos.

Mittelstaedt encoraja o miliciano Kantorek com as citações do professor Kantorek:

– Miliciano Kantorek, temos a sorte de viver numa grande época; assim, precisamos fazer um esforço supremo para dominar todas as amarguras do sofrimento!

Kantorek sua e cospe uma lasca de madeira suja que lhe ficou entre os dentes.

Mittelstaedt inclina-se sobre ele, atormentando-o:

– E nunca se devem esquecer os grandes acontecimentos históricos por causa de futilidades, miliciano Kantorek!

Admiro-me de que Kantorek não estoure, sobretudo agora, que começa a hora da ginástica, durante a qual Mittelstaedt o imita admiravelmente, agarrando-o pelo rabo das calças, enquanto sobe na barra fixa, de modo que mal pode alcançá-la com o queixo, e derretendo-se em conselhos sábios. Era exatamente assim que Kantorek costumava fazer com ele, em outros tempos.

Depois, o serviço do dia é distribuído.

– Kantorek e Boettcher para apanhar o pão! Levem o carrinho de mão.

Alguns minutos depois, os dois saem andando com o carrinho de mão. Kantorek, furioso, mantém a cabeça baixa. O porteiro está feliz porque recebeu um serviço leve.

A padaria do exército fica do outro lado da cidade. Os dois devem, portanto, atravessar duas vezes toda a cidade.

– Já estão fazendo isto há alguns dias – diz Mittelstaedt rindo. – Tem até gente nas ruas que espera só para vê-los.

– Ótimo – digo. – Mas ele ainda não deu queixa?

– Já tentou! O nosso comandante deu boas gargalhadas, quando soube da história. Não pode nem sentir o cheiro de professores. Além disto, estou namorando sua filha.

– Ele vai lhe arruinar o exame.
– Que se dane o exame – diz Mittelstaedt tranquilamente.
– A queixa, além do mais, foi inútil, porque pude provar que ele geralmente recebe serviços leves.
– Você não podia uma vez maltratá-lo mesmo para valer? – pergunto.
– Para isto, ele é idiota demais – responde Mittelstaedt, altivo e magnânimo.

Que é uma licença? Uma trégua, que depois torna tudo mais doloroso. Já se insinua uma despedida. Minha mãe me olha, em silêncio; sei que está contando os dias; todas as manhãs, ela fica triste: um dia a menos, pensa. Guardou minha mochila, para que não lhe lembre a fatalidade.

As horas passam depressa, quando se fica ruminando os pensamentos. Procuro dominar-me e acompanho minha irmã ao açougue, para comprar uma libra de ossos. Isto é um grande luxo, e já de manhã cedo faz-se uma fila para esperá-los. Muitos chegam a desmaiar.

Não temos sorte: depois de termos esperado, revezando-nos, durante três horas, a fila se dispersa. Os ossos acabaram.

Foi bom ter recebido minhas rações. Levo-as para minha mãe, e, assim, nós todos temos comida mais substancial.

Os dias ficam cada vez mais difíceis, os olhos de minha mãe, cada vez mais tristes. Agora só faltam quatro dias. Preciso visitar a mãe de Kemmerich.

Há coisas que não se podem descrever: a mulher, trêmula, soluçante, que me sacode, gritando:
– Por que você continua a viver, se ele está morto?
Cobre-me de lágrimas e indaga:
– De mais a mais, por que vocês estão lá, crianças como vocês? – E cai numa cadeira, chorando.
– Você o viu? Chegou a vê-lo? Como é que ele morreu?

Digo-lhe que levou um tiro no coração e teve morte instantânea. Ela me olha e duvida de minhas palavras:

– Está mentindo. Sei que não foi assim. Sinto que ele morreu sofrendo. Ouvi sua voz à noite, senti o seu medo... diga-me a verdade, quero saber, preciso saber!

– Não – repito. – Eu estava a seu lado. Morreu na hora.

Implora, mansamente:

– Conte-me. Você tem de me contar. Sei que quer me consolar, mas não vê que me tortura mais assim do que se me dissesse a verdade? Não consigo suportar essa incerteza; diga-me como foi, mesmo sendo terrível. É sempre melhor do que aquilo que se imagina, quando não se sabe ao certo.

Não direi nunca, antes poderia cortar-me em pedaços. Sinto pena dela, mas também me parece um pouco tola. Por que se preocupa com isto? Kemmerich vai continuar morto, quer ela saiba ou não como morreu. Quando já se viram tantos mortos, não se consegue compreender a razão de tanto sofrimento por causa de um único indivíduo. Assim, digo-lhe com certa impaciência:

– Morreu logo. Não sentiu nada. Seu rosto estava sereno.

Ela silencia. Depois pergunta, lentamente:

– Você jura?

– Sim.

– Por tudo que lhe é mais sagrado?

Meu Deus, que será ainda sagrado para mim? Essas coisas mudam tão depressa para nós.

– Sim, morreu imediatamente.

– Você jura que você mesmo não quer mais voltar, se não for verdade?

– Que eu nunca mais volte, se ele não morreu logo.

Faria ainda qualquer outro juramento. Mas ela parece acreditar em mim. Fica gemendo e chorando durante muito tempo. Quer que lhe conte como foi, e invento uma história em que até eu quase acabo acreditando.

Quando nos despedimos, ela me beija e me dá de presente o retrato dele. No retrato, está apoiado, com sua farda de recruta, em uma mesa redonda, cujos pés são feitos de tronco de bétula. Lá atrás, como cenário, há uma floresta pintada. Na mesa, um caneco de cerveja.

É a última noite que passo em casa. Estamos todos calados. Vou cedo para a cama, agarro o travesseiro, aperto-o contra mim e enterro a cabeça nele. Quem sabe se eu jamais voltarei a deitar-me numa cama macia?

Já é tarde quando minha mãe entra no meu quarto. Pensa que estou dormindo, e faço de conta que estou. Falar, ficarmos ambos acordados, é doloroso demais.

Ela fica sentada ali quase até o amanhecer, embora sinta dores e, às vezes, se contorça. No fim, não aguento mais, finjo que estou acordando.

– Vá dormir, mãe, você acaba se resfriando aqui.
– Mais tarde, posso dormir bastante – diz ela.
Sento-me.
– Não vou voltar logo para o campo de batalha, mamãe. Primeiro, tenho de passar quatro semanas no acampamento. De lá, posso talvez vir passar um domingo aqui.

Ela se cala. Depois, pergunta, suavemente:
– Você sente muito medo?
– Não, mãezinha.
– Queria ainda fazer-lhe uma última recomendação: tome cuidado com as mulheres na França. As francesas não prestam.

Ah, mamãe, minha mãezinha! Para você, sou uma criança ainda... por que não posso deitar a cabeça no seu colo e chorar? Por que sempre tenho de ser eu o mais forte, o mais controlado? Também gostaria de chorar e de ser consolado; na realidade, sou pouco mais do que uma criança; no armário, ainda estão penduradas minhas calças curtas de menino; foi há tão pouco tempo, por que já passou?

– Lá onde estamos agora não há mulheres, mãe – digo, com a tranquilidade que me é possível.

– E tome muito cuidado lá na frente, Paul.

Ah, mãe, mãezinha! Por que não a pego nos braços, e morremos juntos? Somos uns pobres-diabos!

– Sim, mãe, terei cuidado.

– Rezarei por vocês todos os dias, Paul.

Ah, mãe, mãezinha! Vamos levantar e percorrer esses anos passados, até que toda essa miséria não pese mais sobre nós. Voltemos atrás, àquele tempo em que só havia nós dois!

– Talvez você consiga uma posição que não seja tão perigosa.

– Sim, mamãe, posso ser mandado para serviço de cozinha, não é difícil consegui-lo.

– Aceite, meu filho, e se os outros disserem alguma coisa...

– Isto não me preocupa.

Ela suspira. Seu rosto é uma mancha branca no escuro.

– Agora, precisa dormir, mamãe.

Ela não responde. Levanto-me e ponho meu cobertor sobre os seus ombros. Ela apoia-se no meu braço, está com dor. Assim, levo-a até o quarto. Fico mais um pouco com ela.

– Precisa ficar boa, mãe, para quando eu voltar!

– Sim, sim, meu filho.

– Vocês não deviam me mandar suas coisas, mamãe. Lá fora, temos bastante para comer. Aqui, precisam mais do que eu.

Coitada, está lá deitada na sua cama, ela, que me ama mais do que ninguém no mundo. Quando me preparo para sair do quarto, ela diz, rapidamente:

– Arranjei mais dois pares de ceroulas para você, de boa lã. Elas o aquecerão. Não se esqueça de colocá-las na mochila!

Ah, mamãe, sei bem o que lhe custaram estas ceroulas... esperando, andando, pedindo!

Ah, mamãe, mãezinha, como é possível que seja obrigado a deixá-la? Quem mais tem direito sobre mim, senão você? Ainda estou sentado aqui, e lá está deitada você, e temos tanta coisa a dizer-nos, que jamais conseguiremos fazê-lo.

– Boa noite, mãe.

– Boa noite, meu filho.

O quarto está escuro. Ouço a respiração de minha mãe e o tique-taque do relógio. O vento sopra e os castanheiros murmuram.

Na entrada, tropeço na mochila que já está lá, pronta, porque terei de partir amanhã bem cedo.

Mordo o travesseiro, agarro convulsivamente com meus punhos as barras de ferro da cama. Nunca deveria ter vindo.

Lá fora, muitas vezes fiquei indiferente e sem esperança; agora, nunca mais conseguirei sê-lo. Fui soldado e agora nada mais sou do que sofrimento... por mim, por minha mãe, por todos os desconsolados e condenados. Nunca deveria ter aceitado a licença.

8

Já conheço o acampamento nas *landes*. Aqui, Himmelstoss educou Tjaden; mas agora não conheço mais ninguém, tudo mudou, como sempre. Só alguns dos homens eu já vira antes, de passagem.

Faço o meu serviço mecanicamente. À noite, estou quase sempre no Lar do Soldado, onde há revistas que não leio; no entanto, há um piano que gosto muito de tocar. O atendimento é feito por duas mulheres: uma é muito jovem.

O acampamento é cercado de altas redes de arame farpado. Se voltamos muito tarde do Lar do Soldado, temos de apresentar um passe, mas é claro que quem faz camaradagem com o sentinela também consegue passar.

Entre tufos de zimbros e bosques de bétulas, todos os dias fazemos exercícios de companhia. É suportável, quando não se é exigente. Corremos, atiramo-nos no chão, e a nossa respiração faz a grama e as flores ondularem. A areia clara, vista de tão perto, é limpa como se fosse de laboratório, feita de milhares de grãos minúsculos. Dá uma estranha vontade de cavar e nela enterrar as mãos.

Mas o mais belo são os bosques, com suas fileiras de bétulas. A todo instante, mudam de cor. Agora, os galhos polidos resplandecem, e, como seda, flutua entre eles o verde das folhas como se fossem pintadas a pastel. Momentos depois, tudo se transforma em um azul opalescente, que se propaga a partir da orla da floresta e faz esmaecer o verde; mas já em alguns lugares a escuridão é quase total, quando uma nuvem cobre o sol. E esta sombra corre como um fantasma por entre os troncos já com seus contornos difusos até transpor todo o terreno e mergulhar no horizonte. Então, as bétulas destacam-se como alegres estandartes, tingidos pelo brilho vermelho-ouro da folhagem de outono.

Perco-me, muitas vezes, neste jogo de luzes delicadas e sombras transparentes, tão distraído que quase não ouço as vozes de comando; quando se está só, começa-se a contemplar e amar a Natureza. E não tenho muitas amizades aqui; aliás, não faço muita questão delas. Conhecemo-nos muito pouco para fazer outra coisa senão conversar, à noite, jogar cartas ou damas.

Ao lado do nosso alojamento, fica o grande Campo de Prisioneiros dos Russos. Como separação, instalaram redes de arame, mas, apesar disto, os presos conseguem chegar até nós. Parecem muito tímidos e medrosos, embora quase todos sejam muito altos e tenham longas barbas – parecem cães são-bernardo, temerosos e acuados. Rondam nossas barracas, revistando as latas de lixo. Pode-se bem imaginar o que encontram lá! A comida, além de não ser boa, já é escassa para nós: há nabos cortados em seis pedaços e cozidos em água, cenouras com a terra e tudo; batatas mofadas são deliciosas iguarias, e o luxo maior é uma sopa rala de arroz, onde devem nadar nervos de carne de vaca, mas que estão cortados em pedaços tão pequenos que não os encontramos. Apesar disso, é claro que se come tudo. Quando, na verdade, há alguém tão rico que não precise raspar o prato, já se apresentam dez outros prontos para ajudá-lo a livrar-se dos restos.

Apenas as sobras que a colher não alcança são despejadas nas latas de lixo. Às vezes, juntam-se a elas algumas cascas de nabo, crostas de pão mofadas e sujeira de toda a espécie.

E este ralo, sujo e miserável lixo é o objetivo dos prisioneiros. Eles o retiram avidamente, colocando-o em latas fedorentas, que levam escondidas debaixo das camisas.

É estranho ver esses nossos inimigos tão de perto. Têm rostos que nos fazem refletir: são rostos bonachões de bons camponeses, testas largas, narizes largos, lábios grossos, mãos grandes e cabelos crespos. É gente para arar a terra e ceifar e colher maçãs. Têm um ar ainda mais inofensivo que os nossos camponeses da Frígia.

É triste ver seus movimentos e o modo como mendigam um pouco de comida. Estão todos um tanto enfraquecidos, porque recebem apenas o indispensável para não morrerem de fome. Há muito tempo que nós mesmos não recebemos o bastante para nos satisfazermos. Eles têm disenteria, seus olhares são medrosos, alguns mostram furtivamente as fraldas da camisa ensanguentadas. Suas costas, suas nucas estão recurvadas, os joelhos dobram-se; olham obliquamente de baixo para cima, quando estendem a mão para mendigar, agradecendo com as poucas palavras que sabem de alemão – mendigam com as vozes suaves, baixas e musicais, que evocam as lareiras quentes e os quartos aconchegantes de casa.

Há homens que lhes dão pontapés até caírem no chão; mas estes são uma minoria. A maior parte dos nossos deixa-os em paz.

É bem verdade que, às vezes, ao vê-los se humilharem tanto, a gente fica com raiva e distribui alguns pontapés... Se ao menos eles não nos olhassem desta maneira – quanta miséria cabe nestes dois pontinhos negros, nestes olhos que apenas um polegar conseguiria cobrir!

À noite, vêm até os alojamentos e procuram fazer barganhas. Trocam tudo que têm por pão. Às vezes, são bem-sucedidos, porque suas botas são de muito boa qualidade, ao passo que as nossas nada valem. O couro de suas botas de cano longo é macio como a camurça. Nós, os filhos de camponeses que recebem as comidas gostosas de casa, podemo-nos dar ao luxo de fazer negócio: o preço de um par de botas é de mais ou menos dois ou três pães, ou um pão e uma salsicha defumada. Mas quase todos os russos já se desfizeram há muito tempo daquilo que tinham. Vestem apenas roupas miseráveis e tentam trocar pequenos entalhes e objetos que fizeram de estilhaços de granadas e pedaços de cobre das anilhas. Estes objetos, naturalmente, não rendem muito, mesmo que lhes tenham custado muito trabalho – conseguem, no máximo, algumas fatias de pão. Nossos camponeses são teimosos e espertos quando pechincham. Seguram o pedaço de pão ou a salsicha durante muito tempo sob o nariz dos russos, até que empalideçam de desejo e os olhos se revirem; então, nada mais importa para eles. Quanto aos prisioneiros, embrulham com toda a cerimônia aquilo que conquistaram, tiram seus grossos canivetes e, como num rito, cortam lentamente uma fatia de pão para si mesmos; para cada bocado, oferecem a si próprios um pedaço de boa salsicha como recompensa. É irritante vê-los comer assim; dá vontade de dar-lhes boas pancadas nas grandes cabeças. Raramente nos dão alguma coisa. É bem verdade que quase não nos conhecemos.

Fico frequentemente de sentinela, vigiando os russos. Na escuridão, veem-se os seus vultos se moverem como cegonhas doentes, como enormes pássaros. Aproximam-se da rede, na qual encostam os rostos, com os dedos agarrados às malhas. Muitas vezes, comprimem-se uns contra os outros, respirando o vento que vem das flores.

Falam pouco, e quando o fazem é só para dizer algumas palavras. São mais humanos, e, segundo me parece, mais fraternais entre si, do que nós. Mas talvez seja apenas porque se sentem mais infelizes. De qualquer forma, para eles, a guerra terminou. É claro que esperar pela disenteria também não é vida.

Os milicianos das tropas territoriais que os vigiam contam que, no princípio, eram muito mais animados. Como sempre acontece, tinham relações entre si, e dizem que, às vezes, atracavam-se com murros e facadas. Agora, já estão todos apáticos e indiferentes, a maioria nem se masturba mais, tão fracos se acham, embora, às vezes, as coisas fiquem tão sérias, que todos na barraca o façam em conjunto.

Ficam de pé, junto à rede; às vezes, um deles sai, cambaleando, e logo outro ocupa o seu lugar. A maioria fica em silêncio; ocasionalmente, um ou outro mendiga uma ponta de cigarro.

Observo seus vultos sombrios, com as barbas flutuando ao vento. Nada sei sobre eles, só que são prisioneiros, e é exatamente isto que me impressiona. Suas vidas são anônimas e sem culpa; se soubesse algo mais a seu respeito, como se chamam, como vivem, o que esperam, o que os atormenta, talvez o meu sentimento tivesse um objetivo concreto e pudesse tranformar-se em compaixão. Mas, agora, vejo por trás deles apenas a dor anônima da criatura humana, a terrível melancolia da vida e a falta de piedade dos homens.

Uma voz de comando fez destes vultos silenciosos nossos inimigos; uma outra ordem poderia convertê-los em amigos. Em alguma mesa, é assinado um documento, por pessoas que nenhum de nós conhece, e então, durante anos, o nosso objetivo supremo é aquilo que, em tempos normais, é objeto da abominação universal e da mais enérgica reprovação. Mas quem ainda consegue fazer esta distinção, vendo estes seres silenciosos, com seus rostos infantis e suas barbas de apóstolos? Todo cabo é um inimigo pior para o recruta, todo professor é um inimigo pior para o estudante do que eles para nós. E apesar disso atiraríamos neles novamente e eles em nós, se estivessem livres.

Fico assustado, não posso continuar a pensar assim. É um caminho que leva ao abismo. Ainda é cedo para isto, mas não quero perder estes pensamentos, quero guardá-los, conservá-los com cuidado, para quando a guerra terminar. Meu coração palpita: este é o objetivo, o grande e único objetivo em que pensei nas trincheiras, aquele que busquei como razão de ser depois desta catástrofe que desabou sobre toda a humanidade. É uma missão que fará a vida futura digna destes anos de horror.

Tiro meus cigarros, parto cada um deles em dois pedaços e dou-os aos russos. Eles inclinam-se e os acendem. Agora ardem pequenos pontos vermelhos em alguns rostos. Consolam-me; parecem pequenas janelas brilhando nas escuras aldeias, indicando que, por trás delas, há quartos cheios de paz.

Os dias passam. Numa manhã de neblina, mais um russo é enterrado. Morrem, agora, quase todos os dias. Estou de sentinela quando vão enterrá-lo. Os prisioneiros cantam um hino religioso, as várias vozes lembram um órgão, ao longe, na charneca: é como se mal fossem vozes.

O enterro é rápido.

À noite, lá estão de novo, junto à rede, e o vento chega até eles da floresta de bétulas. As estrelas estão frias. Conheço, agora, alguns dos russos que falam razoavelmente o alemão. Um deles é músico: conta-me que era violinista em Berlim. Quando eu lhe digo que toco um pouco de piano, vai buscar seu violino e começa a tocar. Os outros sentam-se e encostam-se na rede. Ele toca de pé; às vezes, tem a expressão perdida dos violinistas, quando fecham os olhos; depois, balança o instrumento ao ritmo da música e sorri para mim.

Talvez toque canções populares, porque os outros o acompanham a meia-voz. São como colinas escuras, que parecem vibrar com uma profundidade subterrânea. O violino domina-os como uma moça delgada, e é claro e solitário. As vozes param e apenas o violino continua: tem um som agudo que se prolonga na noite, como se estivesse arrepiado de frio. A gente tem de se aproximar para ouvir; seria melhor, certamente, numa sala. Aqui, ao ar livre, fica-se triste, diante deste som vago e solitário.

Não tenho direito à folga no domingo, porque ainda há pouco estive de licença. Por isso, no último domingo antes da partida, meu pai e minha irmã mais velha vêm me visitar. Passamos o dia todo sentados no Lar do Soldado. Para onde deveríamos ir, já que não queremos, de modo algum, ficar na barraca? Por volta de meio-dia, vamos dar uma volta.

As horas são como uma tortura, não sabemos o que dizer. Por isso, falamos da doença de minha mãe. Agora, os médicos têm certeza de que é câncer. Ela já está no hospital e, em breve, será operada. Os médicos têm esperanças de curá-la, mas nunca ouvimos dizer que o câncer tenha cura.

– Onde está ela? – pergunto.

– No Hospital Santa Luísa – responde meu pai.

– Em que classe?

– Na terceira. Temos de esperar para saber quanto custa a operação. Foi ela própria quem quis ficar na terceira. Disse que lá teria um pouco de distração. Além disso, é mais barato.

– Mas, assim, ela fica com muitas pessoas na enfermaria... Se ao menos conseguisse dormir à noite!

Meu pai balança a cabeça. Está abatido, com o rosto cheio de rugas. Minha mãe já esteve doente muitas vezes; é bem verdade que só ia para o hospital quando era forçada a isso: no entanto,

custou-nos muito dinheiro, e a vida de meu pai, a bem dizer, foi sacrificada por esse motivo.
– Se ao menos soubéssemos quanto custa a operação – diz ele.
– Vocês não perguntaram?
– Não posso perguntar diretamente ao médico: ele poderia ficar melindrado, e, afinal, é ele quem vai operar mamãe.

Sim, penso amargurado, assim somos nós, assim são os pobres. Não se atrevem a perguntar o preço, mas preocupam-se terrivelmente com isto; no entanto, os outros, para quem esse detalhe não é importante, acham muito natural combinar previamente o preço. E, nestes casos, o médico nunca se melindra.

– Os curativos depois da operação também são muito caros – diz meu pai.
– Mas o Fundo para Invalidez não paga uma parte? – pergunto.
– Mamãe já está doente há muito tempo para isto.
– Vocês têm algum dinheiro?

Ele sacode a cabeça.
– Não. Mas posso fazer horas extraordinárias.

Já sei: ele ficará de pé junto a sua mesa até a meia-noite, dobrando, colando e cortando. Às oito horas da noite, comerá um pouco dessas coisas sem substância que se obtêm com cartões de racionamento. Em seguida, tomará algo contra sua dor de cabeça e continuará a trabalhar. Para distraí-lo um pouco, conto-lhe algumas histórias que, por acaso, me vêm à mente: piadas sobre soldados, anedotas sobre generais e sargentos.

Depois, acompanho-os até a estação. Dão-me um vidro de geleia e um embrulho com bolinhos de batata, que minha mãe ainda preparou para mim. Então eles partem e eu volto para o acampamento.

À noite, passo a geleia nos bolinhos e como alguns. Mas não têm para mim o mesmo sabor, e então saio para dá-los aos russos. Logo me lembro de que foi minha própria mãe quem os fritou e que talvez estivesse sentindo dores enquanto cozinhava. Ponho o embrulho novamente na mochila e levo apenas dois bolinhos para os russos.

9

Viajamos durante alguns dias. No céu, aparecem os primeiros aviões. Cruzamos com trens de carga. Canhões e mais canhões. Tomamos o trem militar. Procuro meu regimento. Ninguém sabe ao certo onde está. Passo a noite em um lugar qualquer; de manhã recebo alimento e umas vagas instruções. Assim, ponho-me a caminho novamente com mochila e fuzil.

Quando chego, não há mais nenhum dos nossos na aldeia destruída pelo bombardeio. Ouço dizer que nos transformamos em uma das divisões volantes, que são mandadas para os lugares onde houver mais perigo. Isso não é muito alentador. Falam-me das grandes perdas que tivemos e procuro Kat e Albert. Ninguém sabe nada a seu respeito.

Continuo a busca, vagando de um lado para o outro, é uma estranha sensação. Mais uma noite, e depois outra: acampo como um índio. Então, finalmente, consigo uma informação precisa e, à tarde, apresento-me na secretaria da minha Companhia.

O sargento-mor me detém lá. A Companhia volta à retaguarda daqui a dois dias, e não vale mais a pena mandar-me para a frente.

– Que tal a licença? – pergunta ele. – Tudo bem?

– Mais ou menos – digo.

– Sim, sim – suspira. – Se não fosse preciso voltar! Isto sempre estraga a segunda metade da licença.

Fico sem fazer nada, até a manhã em que a Companhia chega, cinzenta, imunda, cansada e triste. Então dou um salto e precipito-me para eles, procuro com os olhos, lá está Tjaden, lá está Müller, e lá estão também Kat e Kropp. Arrumamos nossos colchões de palha um ao lado do outro. Ao olhar para eles, sinto-me culpado, e, no entanto, não há motivo para isto. Antes de dormirmos, tiro o resto dos bolinhos de batata e da geleia, para que eles recebam a sua parte.

Os dois bolinhos da extremidade estão um pouco mofados, mas ainda se pode comê-los. Eu os pego para mim e dou os mais frescos para Kat e Kropp.

Kat mastiga e pergunta:

– Foi a sua mãe quem fez?

Respondo afirmativamente com a cabeça.

– Bom – diz ele –, isto se vê logo pelo gosto.

Sinto vontade de chorar. Não me reconheço mais.

Mas tudo vai melhorar, agora que encontrei Kat, Albert e os outros. Meu lugar é aqui.

– Você teve sorte – murmurou Kropp, antes de adormecer. – Dizem que vamos para a Rússia.

Para a Rússia?! Mas lá não chega a haver guerra.

Ao longe, a frente troveja. As paredes da barraca estremecem.

Faz-se uma limpeza em regra no equipamento. Uma inspeção sucede à outra. Revistas e mais revistas. Troca-se tudo que está rasgado por coisas em bom estado. Consigo uma túnica nova e irrepreensivelmente limpa, e é claro que Kat arranja um uniforme completo. Surge o boato de que foi assinada a paz, mas há uma outra corrente mais verossímil... vamos ser mandados para a Rússia.

Mas por que precisaríamos de coisas novas na Rússia? Até que, finalmente, a notícia infiltra-se até nós: o Kaiser vem fazer uma inspeção. Eis a origem de todos os preparativos.

Durante oito dias, parece que estamos num quartel de recrutas, tantos são os trabalhos e exercícios. Todos estão nervosos e mal-humorados, pois esse exagero na limpeza e, sobretudo, as paradas nos exasperam; são estas coisas que desgostam o soldado mais do que as trincheiras.

Por fim, chegou o momento. Ficamos imóveis, em posição de sentido, e o Kaiser surge. Estamos curiosos para saber que aspecto tem. Na verdade, fico um tanto desapontado: pelos retratos, eu o imaginava mais alto, e mais imponente e com uma voz mais ressonante.

Distribui medalhas e dirige-se a um ou outro.

Em seguida, retiramo-nos, marchando.

Depois, começamos a conversar. Tjaden diz, admirado:

— Então, este é o mandachuva?! E, diante dele, todos são obrigados a ficar em posição de sentido! — Pondera: — Então, até mesmo Hindenburg tem de ficar em posição de sentido diante dele, não é?

— É claro — confirma Kat.

Tjaden ainda não terminou. Pensa durante algum tempo e depois pergunta:

— Um rei também tem de ficar em posição de sentido em frente a um imperador?

Ninguém sabe ao certo, mas achamos que não. Ambos têm cargos tão importantes que, neste caso, não deve ser exigida uma verdadeira posição de sentido.

— Você só inventa besteiras! — diz Kat. — O importante é que você mesmo fique em posição de sentido.

Mas Tjaden está totalmente fascinado. Sua imaginação, geralmente tão árida, lança-se em altos voos:

— Veja só — declara —, simplesmente não consigo entender que um imperador tenha de ir à privada exatamente como eu.

— Não tenha a menor dúvida de que é a verdade — diz Kropp, rindo. — Pode botar a mão no fogo que sim.

— Você é mesmo um imbecil — completa Kat. — Tem alguns parafusos a menos nessa cabeça, Tjaden; vá logo à latrina, para esclarecer as ideias, e não fique aí falando como um bebê de fraldas.

Tjaden desaparece.

— Mas uma coisa eu gostaria de saber — diz Albert.

— Teria havido guerra, se o Kaiser se tivesse oposto?

— Acredito que sim — afirma. — Dizem que ele, na verdade, não a desejava.

— Bem, talvez ele sozinho não fosse suficiente, mas bastaria que umas vinte ou trinta pessoas no mundo tivessem dito "não".

— É provável – admito –, mas eram justamente essas pessoas que queriam a guerra.

— Pensando bem, é curioso – continua Kropp. – Estamos aqui para defender a nossa pátria. Mas os franceses também estão aqui para defender a deles. Quem tem razão?

— Talvez ambos estejam certos – digo, sem muita convicção.

— Sim – prossegue Albert, e vejo que ele quer me envolver –, mas nossos professores, sacerdotes e jornais dizem que só nós temos razão, e espero que seja verdade; mas os professores, sacerdotes e jornais franceses afirmam que a razão está do lado deles. Como é possível?

— Não sei – digo. – De qualquer maneira, o certo é que há guerra e que cada vez mais países aderem a ela.

Tjaden reaparece. Continua agitado e mete-se imediatamente na conversa, perguntando como começa na realidade uma guerra.

— Geralmente, é assim: um país ofende gravemente o outro – responde Albert, com um certo ar de superioridade.

Mas Tjaden faz-se de bobo e finge não compreender.

— Um país? Não entendo isso. Uma montanha na Alemanha não pode ofender uma montanha na França. Nem um rio, nem uma floresta, nem um campo de trigo.

— Você é mesmo tão ignorante, ou está só fingindo? – pergunta Kropp, irritado. – Não quis dizer isto. Um povo insulta o outro...

— Então, não tenho nada a fazer aqui – responde Tjaden –, porque não me sinto ofendido!

— Bem, deixe que lhe diga uma coisa – declara Albert, com agressividade –, isto não se aplica a você, seu caipira.

— Mas, então, eu posso ir logo para casa! – replica Tjaden.

Todos começam a rir.

— Mas que burrice! Ele está se referindo ao povo em conjunto, isto é, ao Estado – grita Müller.

— Estado, Estado – diz Tjaden, estalando os dedos. – Polícia, impostos... é isto que vocês chamam de Estado. Se se interessam por este Estado... podem ficar com ele, e bom proveito.

– Concordo – diz Kat. – É a primeira vez que diz alguma coisa certa, Tjaden; Estado não é pátria... há, na verdade, uma diferença entre eles.

– No entanto, estão ligados – observa Kropp. – Não pode haver pátria sem Estado.

– É verdade, mas pense um pouco; somos quase todos gente do povo. E, na França, a maioria das pessoas também é gente do povo: operários, trabalhadores e pequenos empregados. Por que, então, deveria um serralheiro ou um sapateiro francês nos agredir? Não, são só os governos. Antes de vir para a guerra, nunca tinha visto um francês; e deve ter ocorrido o mesmo com a maioria dos franceses em relação a nós. Pediram a sua opinião tanto quanto a nossa.

– Mas, então, para que serve a guerra? – indaga Tjaden.

Kat dá de ombros.

– Deve haver gente que tira proveito dela.

– Bem, eu não faço parte deles – ri Tjaden, irônico.

– Nem você, nem nenhum de nós aqui.

– Então, quem se beneficia com ela? – insiste Tjaden. – O Kaiser também não lucra com a guerra. Na realidade, ele já tem tudo que deseja.

– Não diga isto – replica Kat. – Até agora, ele não teve uma guerra. E todo imperador, para ser grande, precisa de pelo menos uma guerra, senão não fica famoso. Dê uma olhada nos seus livros de escola.

– E os generais também ficam célebres com as guerras – acrescenta Detering.

– Ainda mais famosos do que os imperadores – confirma Kat.

– Certamente, há outras pessoas por trás da guerra, que com ela querem lucrar – resmunga Detering.

– Acho que é uma espécie de febre – diz Albert. – Ninguém a quer, na verdade, e, de repente, lá está ela. Nós não a desejávamos; os outros afirmam a mesma coisa e, no entanto, meio mundo está metido na guerra.

– Mas, do outro lado, mentem mais do que nós – replico.

– Lembrem-se dos panfletos que encontramos entre os prisioneiros, afirmando que comíamos as crianças belgas. Os patifes que escrevem estas coisas deveriam ser enforcados. Estes é que são os verdadeiros culpados!

Müller levanta-se:

— De qualquer maneira, é melhor que a guerra seja aqui do que na Alemanha. Olhem só esses campos devastados!

— Está certo — afirma Tjaden —, mas melhor ainda seria não haver guerra nenhuma.

Afasta-se orgulhoso, pois, desta vez, nos deu uma lição. Sua opinião, na verdade, é típica, e nós a encontramos a todo momento, mas nada se pode fazer contra ela, porque os que a emitem não compreendem muitos outros fatos e causas. O sentimento nacionalista do simples soldado resume-se no fato de estar na linha de frente, e mais nada. O resto ele julga do ponto de vista prático e segundo sua própria mentalidade.

Albert estende-se na grama.

— O melhor é não falar deste maldito negócio.

— É claro, pois não vai adiantar nada — confirma Kat.

Quanto aos nossos presentes inesperados, temos de devolver quase todas as roupas novas e, em troca, receber nossos velhos trapos. Tudo era só para a inspeção.

Em vez de partir para a Rússia, voltamos para a frente de batalha. No caminho, atravessamos um bosque devastado, com troncos quebrados e o solo revolvido. Em alguns lugares, há enormes crateras.

— Mas, que diabo, acertaram em cheio por aqui — digo a Kat.

— Minas — responde e aponta para cima.

Dos galhos, pendem mortos. Um soldado nu parece dobrado sobre a forquilha de um galho; ainda conserva o capacete na cabeça; do resto, está inteiramente despido. Apenas uma metade do corpo, o tronco, está lá em cima: faltam as pernas.

— Que teria acontecido? — pergunto.

— Este foi arrancado da roupa — murmura Tjaden.

Kat observa:

– É estranho, já vimos isto algumas vezes. Quando uma destas minas apanha alguém, é como se realmente lhe arrancassem a roupa. É resultado da pressão do ar.

Continuo a procurar. De fato, é verdade o que ele diz. Aqui e lá estão pendurados apenas farrapos de uniformes; mais adiante, colou-se uma massa sangrenta, que já foram membros humanos. Vemos um corpo estendido com uma só perna, enrolada num pedaço de ceroula, tendo, à volta do pescoço, o colarinho da túnica. Está nu, a farda espalhada pela árvore. Faltam-lhe os dois braços, é como se tivessem sido desatarraxados. Descubro um deles, que foi cair a uns vinte metros do corpo, no meio do mato.

O morto está de bruços. Lá, onde há as feridas dos braços, a terra está preta de sangue. Sob os pés, a grama está esmagada, como se o homem tivesse ainda esperneado.

– Isto não é brincadeira, Kat – digo.

– E um estilhaço de granada na barriga também não – responde, dando de ombros.

– Não comecem a ficar moles – diz Tjaden.

Tudo isto deve ter acontecido há pouco tempo, pois o sangue ainda está fresco. Já que todos os homens estão mortos, não nos demoramos, mas registramos o acontecimento no próximo Posto de Socorro Médico. De mais a mais, não é nossa obrigação fazer o trabalho destes idiotas carregadores de macas.

Recebemos ordem para sair numa patrulha, a fim de confirmar até onde a posição inimiga avançou. Desde a minha licença, sinto uma estranha obrigação em relação aos outros e, por isso, apresento-me como voluntário para o serviço. Combinamos um plano, arrastamo-nos até o arame farpado e nos separamos, para avançar um por um. Depois de algum tempo, descubro uma cratera de granada. Rastejo para dentro do buraco e, de lá, observo a área.

O setor está sob o fogo moderado de metralhadoras, batido em todas as direções, sem muita intensidade, mas o bastante para que eu não me exponha excessivamente.

Um foguete luminoso abre-se no ar. O terreno é banhado pela luz pálida e, em seguida, a escuridão volta muito mais tenebrosa. Nas trincheiras, andaram dizendo que havia tropas negras na nossa frente. Isto é desagradável, pois não se consegue vê-los; além disso, são muito hábeis em patrulhas. É estranho, mas, frequentemente, também cometem imprudências. Tanto Kat quanto Kropp, quando estavam de sentinela, atiraram numa contrapatrulha de pretos, porque eles, na sua avidez de cigarros, estavam fumando enquanto marchavam. Kat e Albert tiveram apenas de fazer mira nas pontas acesas dos cigarros.

A uma pequena distância, cai uma granada. Não a ouvi aproximar-se e levei um susto terrível. No mesmo momento, um medo insano apodera-se de mim. Aqui estou, sozinho e quase perdido na escuridão. Talvez dois olhos me estejam observando, há muito tempo, de uma outra vala, e uma granada de mão esteja esperando, pronta para ser lançada e fazer-me em pedaços. Tento controlar-me. Não é a minha primeira patrulha, nem a mais perigosa. Mas é a primeira depois da licença e, além disto, ainda não conheço bem o terreno.

Explico a mim mesmo que minha agitação é infundada, que provavelmente ninguém me espreita na escuridão, porque, do contrário, os projéteis não seriam tão rasteiros.

É tudo em vão. Desorganizados, meu pensamentos zumbem pela cabeça; ouço a voz de minha mãe advertindo-me; vejo os russos, com as barbas ao vento, encostados à rede; vejo a imagem clara, maravilhosa de uma cantina com cadeiras, de um cinema em Valenciennes. Na minha imaginação, vejo, atormentado, a pavorosa boca cinzenta e implacável de um fuzil que me ameaça silenciosamente e que acompanha os movimentos de minha cabeça; o suor irrompe por todos os poros.

Continuo deitado na minha vala. Vejo as horas: passaram-se apenas alguns minutos. Minha testa está molhada, as órbitas úmidas, as mãos tremem e minha respiração é ofegante. Nada mais é do que um terrível acesso de medo, um medo simples e animal de levantar a cabeça para fora e de avançar.

Todos os meus esforços desfazem-se em um único desejo: poder continuar deitado ali. Meus membros colaram-se ao chão, faço uma tentativa inútil: eles não querem se soltar. Comprimo-me contra a terra, não consigo avançar; resolvo ficar onde estou.

Mas logo nos invade novamente uma nova onda de vergonha e de arrependimento, que vem confundir-se com desejo de segurança. Levanto-me um pouco, para observar o que se passa. Meus olhos ardem, de tal modo tenho o olhar fixo na escuridão. Um foguete luminoso sobe no espaço; encolho-me de novo.

Debato-me numa luta furiosa e irracional, quero sair da cratera e, no entanto, deslizo novamente para dentro e digo: "Você tem de fazê-lo, é pelos seus companheiros e não por uma ordem idiota qualquer"; e, logo depois, acrescento: "Que me importa tudo isto? A vida é uma só...". Eis o resultado da licença, penso amargamente, como desculpa. Mas não consigo me convencer, sinto-me terrivelmente deprimido; ergo-me lentamente e estendo os braços para a frente; arrasto-me e em seguida deito-me no rebordo da cratera, com metade do corpo para fora.

Então, ouço qualquer coisa e recuo. Apesar do barulho da artilharia, ouvem-se ruídos suspeitos. Fico na escuta: o barulho está atrás de mim. São soldados nossos que passam pela trincheira. Agora, ouço também vozes abafadas. A julgar pelo tom de uma delas, parece ser Kat quem fala.

Um calor bom me invade bruscamente. Estas vozes, estas poucas palavras suaves, estes passos na trincheira atrás de mim arrancam-me de um só golpe da terrível solidão do medo da morte a que quase me entregara.

Estas vozes são mais do que a minha vida, são mais do que o amor materno, mais do que o medo, são a coisa mais forte e protetora que há no mundo: são as vozes dos meus companheiros.

Não sou mais uma trêmula centelha de vida, sozinho na escuridão – pertenço a eles e eles a mim, compartilhamos o mesmo medo e a mesma vida, somos unidos como amantes, de uma maneira simples e profunda. Gostaria de mergulhar meu rosto nelas, nestas poucas palavras que me salvaram e que me sustentarão.

Deslizo cuidadosamente para fora do buraco de granada e avanço, rastejando. De quatro, continuo a me arrastar; tudo vai bem: oriento-me, olho à volta e observo a direção do fogo de artilharia para poder achar o caminho de volta. Em seguida, procuro comunicar-me com os outros.

Ainda tenho medo, mas é um medo mais racional, uma espécie de cautela aguçada. A noite é de vento, e as sombras surgem e desmaiam, sob o clarão das bocas de fogo. É uma luz que revela pouco e, ao mesmo tempo, demais. Muitas vezes, fico imóvel, olho à frente, alerta, mas não se vê nada. Assim, avanço bastante, e depois regresso, descrevendo um arco de círculo. Não encontrei nenhum dos companheiros. Cada metro que me aproxima da nossa trincheira enche-me de esperança, mas também de uma grande pressa. Seria muito azar pegar agora uma bala perdida.

É então que um novo medo apodera-se de mim. Não consigo mais orientar-me na direção certa. Sem um ruído, agacho-me numa vala e procuro localizar-me. Não seria a primeira vez que alguém salta alegremente para dentro de uma trincheira, para só então descobrir que é a do inimigo.

Depois de algum tempo, ponho-me novamente à escuta. Ainda não estou no caminho certo. A confusão de crateras parece-me agora um labirinto tão indecifrável, que, na minha agitação, não sei mais para que lado devo me voltar. Quem sabe se não me arrastei em linha paralela às trincheiras, o que poderia durar uma eternidade? Por isso, volto a rastejar, descrevendo um novo círculo.

Esses malditos foguetes luminosos! Parecem arder durante uma hora inteira e não se pode fazer um só movimento sem que um projétil comece no mesmo instante a sibilar à volta da gente.

Mas não adianta, tenho de sair. Hesitante, avanço, arrasto-me como um caranguejo pelo chão afora, esfolando as mãos nos estilhaços pontiagudos, que são afiados como navalhas. Às vezes, tenho a impressão de que o céu está ficando um pouco mais claro, mas, naturalmente, deve ser minha imaginação. Então, aos poucos, chego à conclusão de que minha vida depende de eu rastejar na direção certa.

Uma granada explode e, logo em seguida, mais duas – o bombardeio começa para valer. Metralhadoras crepitam. Por enquanto, nada mais há a fazer, senão ficar deitado e esperar. Parece que se trata de um ataque.

Por toda parte, sobem foguetes luminosos, sem intervalos.

Estou deitado, enrolado como um novelo, dentro de um grande buraco, com as pernas na água, até a barriga. Quando o ataque começar, deixar-me-ei deslizar para dentro da água, com o rosto na lama até onde for possível sem sufocar. Preciso fingir que estou morto.

De repente, ouço o fogo tornar-se mais curto. Imediatamente, deslizo para baixo, na água espessa, o capacete na nuca, a boca levantada apenas o suficiente para poder respirar.

Então, fico imóvel, pois, em algum lugar não muito distante, ouço ruídos metálicos, passos pesados e vagarosos, que se aproximam; meus nervos retesam-se e tornam-se gelados. Os ruídos passam acima de mim, a primeira vaga de assalto passou. Um único pensamento desesperado me domina: que fazer se alguém pular para dentro do buraco?

Rapidamente, tiro meu pequeno punhal da bainha, seguro-o com firmeza e escondo-o na lama, sem soltá-lo da mão. Se alguém saltar aqui dentro, será imediatamente esfaqueado (isto fica martelando na minha cabeça) – será bem na garganta, para que não possa gritar. Não há outro recurso: estará tão assustado quanto eu e cheio de medo, e atirar-nos-emos um ao outro – portanto, tenho que ser o primeiro.

Agora, nossas baterias atiram. Uma granada cai perto de mim. Fico furioso: era só o que faltava: ser atingido pelos nossos! Praguejando, agito-me na lama: é um autêntico acesso de raiva; por fim, consigo apenas gemer e implorar.

O estrondo das detonações ecoa em meus ouvidos. Se os nossos companheiros fizerem um contra-ataque, estarei salvo. Aperto a cabeça contra o chão e ouço um trovejar surdo, semelhante a longínquas explosões de pedreiras, e levanto-a novamente, para ficar atento aos ruídos lá de cima.

As metralhadoras matraquejam. Sei que nossas defesas de arame farpado são sólidas e estão quase intatas; têm partes eletrificadas com uma poderosa corrente de alta tensão. A fuzilaria aumenta. O inimigo não conseguiu passar e é obrigado a recuar.

Afundo de novo, com o corpo estendido ao máximo.

Torna-se audível um crepitar, um ruído de pessoas se arrastando e um tilintar metálico. Um único grito ressoa no meio de tudo isto.

Eles estão sob fogo cerrado, o ataque é repelido.

Agora está um pouco mais claro. Há passos apressados perto de mim. Os primeiros já se foram. Seguem-se outros. O crepitar das metralhadoras transforma-se numa corrente ininterrupta. Justamente quando procuro levantar-me um pouco, rola por cima de mim um corpo, que cai estendido.

Não penso em nada, não tomo decisões; atiro-me furiosamente sobre ele e sinto apenas que o corpo subitamente estremece, torna-se flácido, dobra-se sobre si próprio e cai.

Quando recupero a consciência, minha mão está pegajosa e molhada.

O homem agoniza. Parece-me que grita, que cada respiração é como um bramido, mas são apenas minhas veias que latejam assim. Gostaria de tapar-lhe a boca, entupi-la de terra, apunhalá-lo novamente, para que se cale, ele precisa ficar quieto, está me denunciando; por fim consigo controlar-me, mas fico tão fraco que não consigo mais erguer a mão contra ele.

Então, arrasto-me até o outro extremo da cratera, onde me mantenho com os olhos fixos nele, apertando o punhal, pronto a precipitar-me sobre ele ao menor movimento; mas não fará mais nada, sua respiração já é um estertor.

Vejo-o indistintamente. Tenho apenas um desejo: sair daqui. Se não o fizer logo, ficará claro demais; mesmo agora, já é difícil. Mas, quando tento levantar a cabeça, vejo que é impossível:

o fogo das metralhadoras é tão cerrado, que ficaria crivado de balas antes de poder dar um salto.

Eu o comprovo quando ergo o capacete, um pouco acima do chão, para verificar a altura dos tiros. Um instante depois, ele me é arrancado da mão por uma bala. O fogo, portanto, é rasteiro. Não estou afastado da posição inimiga o suficiente para não ser logo alvejado pelos bons atiradores, caso tentasse fugir.

A claridade aumenta. Espero ansiosamente por um ataque do nosso lado. Os nós dos dedos estão brancos de tanto apertar as mãos, de tal modo imploro que o fogo cesse e meus companheiros cheguem.

Os minutos escoam-se lentamente. Já não ouso olhar para o vulto escuro que está comigo na cratera. Faço um grande esforço para olhar à volta dele e espero; espero. Os tiros zunem, formam uma rede de aço; isto não para, isto não acaba mais!

Então, vejo minha mão ensanguentada e sinto uma náusea repentina. Apanho um pouco de terra e esfrego-a na pele; pelo menos agora a mão está suja e não se vê mais o sangue.

O fogo não diminui. Tem a mesma intensidade dos dois lados. É provável que meus companheiros já me considerem perdido há muito tempo.

O dia nasce cinzento. O estertor continua. Tapo os ouvidos, mas logo retiro os dedos, pois assim não poderia ouvir o que se passa lá em cima.

O vulto se mexe. Estremeço e, sem querer, olho na sua direção. Meus olhos então ficam como que colados a ele. É um homem com um pequeno bigode, estendido ali, com a cabeça caída para o lado; um braço está meio dobrado, e a cabeça repousa nele, inerte. Tem a outra mão, ensanguentada, sobre o peito.

Está morto, digo a mim mesmo, deve estar morto, já não sente mais nada; é apenas o corpo que está ali, agonizando. Mas a cabeça tenta erguer-se; por um instante, os gemidos tornam-se mais fortes; depois, sua testa cai de novo sobre o braço. O homem não está morto: está morrendo, mas ainda vive. Rastejando, aproximo-me dele; paro; apoio-me nas mãos e torno a rastejar mais um pouco; espero, torno a avançar; é uma dolorosa jornada de três metros, uma longa e terrível jornada. Finalmente, estou a seu lado.

Agora, abre os olhos. Deve ter me ouvido, e me olha com uma expressão de absoluto pavor. O corpo está imóvel, mas, nos olhos, a expressão de fuga é tão intensa que, por um instante, chego a pensar que teriam força para arrastar o corpo com eles para centenas de quilômetros de distância, com um único impulso.

O corpo está imóvel, sua imobilidade é total: não se ouve um só ruído, cessou o estertor, mas os olhos gritam, urram: neles, juntou-se toda a vida que ainda resta, num esforço sobre-humano para escapar, um pavor atroz diante da morte, diante de mim.

Minhas pernas cedem, e caio sobre os cotovelos.

– Não, não – sussurro.

Os olhos seguem-me. Sinto-me incapaz de fazer um movimento sequer, enquanto estiverem cravados em mim. Então, lentamente, uma mão desliza do peito, afastando-se apenas alguns centímetros, mas este gesto basta para enfraquecer a violência de seu olhar. Inclino-me para a frente, abano a cabeça e murmuro:

– Não, não, não! – levanto a mão, preciso mostrar-lhe que quero ajudá-lo; passo a mão em sua testa.

Os olhos estremecem quando a mão se aproxima deles, mas, depois, perdem sua fixidez, as pálpebras baixam mais, a tensão diminui. Desaperto-lhe o colarinho e ajeito a cabeça numa posição mais confortável.

A boca está entreaberta: tenta formar algumas palavras. Os lábios estão secos. Não trouxe o meu cantil, mas há água na lama do fundo da vala. Desço, tiro meu lenço, abro-o bem e o aperto, recolhendo a água amarela que escorre para a concavidade da minha mão.

Ele bebe, e eu apanho mais. Depois, desabotoo sua túnica para enfaixá-lo, se for possível. Preciso fazer isto de qualquer maneira, para que os do outro lado vejam que queria ajudá-lo, caso me façam prisioneiro, e não atirem em mim. Ele tenta impedi-lo, mas sua mão está muito fraca para isto. A camisa colou-se ao corpo, e não há meio de afastá-la para o lado, é abotoada nas costas. Assim, só me resta cortá-la.

Procuro a faca e encontro-a novamente. Mas, quando começo a cortar a camisa, os olhos abrem-se mais uma vez e reaparece a expressão de terror, como se quisesse gritar. Sou obrigado a fechá-los, sussurrando:

– Quero ajudar você, companheiro, *camarade, camarade, camarade* – repito insistentemente a palavra, para que ele compreenda.

São três punhaladas. Minhas ataduras cobrem as feridas, o sangue escorre por baixo; aperto os curativos com força, e ele geme.

É tudo que posso fazer. Agora, devemos esperar, esperar.

Que horas atrozes! O estertor recomeça: como o ser humano morre lentamente. De uma coisa estou certo: ele não pode ser salvo. É bem verdade que tentei convencer-me do contrário, mas, ao meio-dia, esta esperança foi destruída, desfez-se diante dos seus gemidos. Se ao menos não tivesse perdido meu revólver, dar-lhe-ia um tiro. Apunhalá-lo é que não consigo.

À tarde, atinjo o limite dos pensamentos. A fome me devora: é tanta, que sinto vontade de chorar, não consigo lutar contra isto. Por várias vezes, vou buscar mais água para o moribundo, e eu mesmo bebo também.

Este é o primeiro homem que matei com minhas próprias mãos e cuja morte, posso constatá-lo sem sombra de dúvida, foi obra minha. Kat, Kropp e Müller também já viram homens a quem mataram: isto acontece a muita gente, principalmente em combate corpo a corpo...

Mas cada respiração arquejante corta meu coração. Este ser que agoniza tem o tempo do seu lado, possui um punhal invisível, com que me fere: o tempo e meus pensamentos.

Quanto não daria eu para que se salvasse! É duro ficar deitado aqui, sendo obrigado a vê-lo e ouvi-lo.

Às três horas da tarde, ele morre.

Respiro aliviado, mas só por pouco tempo. Em breve, parece-me mais doloroso suportar o silêncio do que os gemidos. Gostaria de ouvir outra vez o estertor intermitente, rouco, às vezes assobiando baixo, e depois novamente rouco e alto.

Não tem sentido o que faço, mas preciso ocupar-me. Assim, coloco o morto numa posição mais confortável, embora ele não sinta mais nada. Fecho-lhe os olhos. São castanhos, o cabelo é preto, um pouco encaracolado dos lados.

A boca é larga e suave, sob o bigode; o nariz, um pouco recurvado; e a pele, morena; agora não parece tão pálida como há pouco, quando vivia. Por um instante, o rosto parece até ser quase sadio, e, em seguida, dissolve-se rapidamente em um desses estranhos semblantes de morto, que já vi muitas vezes e que sempre se assemelham uns aos outros.

Com certeza, sua mulher está pensando nele agora; ela ignora o que aconteceu. Ele parece ser desses que escrevem muito para a mulher; ela ainda deve receber cartas dele amanhã, daqui a uma semana talvez; uma carta extraviada daqui a um mês. Ela vai lê-la e será como se ele lhe falasse.

Meu estado fica cada vez pior, não consigo mais controlar meus pensamentos. Como será a mulher? Será como a morena esguia do outro lado do canal? E ela me pertence? Talvez passe a me pertencer agora, por este ato! Ah, se Kantorek estivesse aqui a meu lado! Se minha mãe pudesse me ver... Com certeza, o morto poderia ter vivido ainda uns trinta anos, se eu tivesse gravado melhor o caminho de volta. Se tivesse corrido dois metros a mais para a esquerda, ele estaria agora deitado na trincheira, escrevendo outra carta para a mulher.

Mas, assim, não vou melhorar, pois este é o destino de todos nós; se Kemmerich tivesse ficado com a perna vinte centímetros para a direita, se Haie tivesse se abaixado mais cinco centímetros...

O silêncio prolonga-se. Falo, preciso falar. Assim, dirijo-me a ele e digo-lhe:

– Companheiro, não queria matá-lo. Se saltasse novamente aqui para dentro, não o faria, se você também fosse razoável. Mas, antes, você era apenas um pensamento, uma dessas abstrações que povoam meu cérebro e que exigem uma decisão... Foi essa abstração que apunhalei. Mas agora, pela primeira vez, vejo que é um ser humano como eu. Pensei nas suas granadas, na sua baioneta e no seu fuzil. Agora, vejo sua mulher, seu rosto e o que temos em comum. Perdoe-me, companheiro. Só vemos as coisas tarde demais. Por que não nos repetem sempre que vocês são também uns pobres-diabos como nós, que suas mães se inquietam como as nossas e que temos o mesmo medo da morte e morremos do mesmo modo, sentindo a mesma dor?...

"Perdoe-me, companheiro, como é que você pôde ser meu inimigo? Se jogássemos fora estas armas e estas fardas, poderia ser meu irmão, como Kat e Albert. Tire vinte anos de minha vida, companheiro, e levante-se... tire mais, porque não sei o que farei deles agora."

Tudo está tranquilo. A frente está calma, à exceção do crepitar dos fuzis. As balas sucedem-se umas às outras. Eles não atiram ao acaso, mas fazem-me uma pontaria cuidadosa, tanto de um lado quanto do outro. Não posso sair daqui.

– Vou escrever para sua mulher – digo, precipitadamente, ao morto. – Quero escrever-lhe, ela deve sabê-lo por mim, quero dizer-lhe tudo que lhe digo agora, ela não deverá sofrer, quero ajudá-la, e a seus pais também, e ajudar seu filho...

A farda ainda está aberta. É fácil encontrar sua carteira. Mas hesito em abri-la. Dentro dela, há a caderneta militar com seu nome. Enquanto não o souber, talvez ainda possa esquecer o que houve, o tempo se encarregará de apagar esta imagem. Seu nome, entretanto, é um prego que será cravado em mim e nunca mais poderá ser arrancado. Terá o poder de me fazer recordar tudo, para sempre; ressuscitará para surgir de novo diante dos meus olhos.

Indeciso, pego a carteira. Ela cai no chão e se abre, espalhando algumas fotografias e cartas. Recolho-as e quero guardá-las de novo lá dentro, mas a tensão, a incerteza, a fome, o perigo, estas horas passadas com o morto tornaram-me um desesperado. Quero apressar a solução, aumentar a tortura para pôr fim a isto, da mesma maneira como se batesse contra uma árvore uma mão que dói insuportavelmente, sem pensar no que acontecerá depois.

São retratos de uma mulher e de uma menina, pequenas fotografias de amador, tiradas diante de um muro coberto de hera. Junto com elas, há cartas. Tiro-as do envelope e tento lê-las. Não compreendo a maior parte; é difícil decifrar a letra, e sei pouco francês. Mas cada palavra que traduzo, me penetra como um tiro no peito... como uma punhalada no coração...

Meu cérebro atingiu o limiar da loucura, mas ainda estou suficientemente lúcido para saber que jamais poderei escrever a esta gente, como tencionava há pouco. É impossível. Torno a olhar para as fotografias; não se trata de gente rica. Poderia mandar-lhes dinheiro, anonimamente, se, mais tarde, ganhar alguma coisa. Agarro-me a esta ideia: pelo menos, é um pequeno ponto de apoio. Este morto está ligado à minha vida: por isso tenho de fazer e prometer tudo, para me salvar: juro cegamente que pretendo viver só para ele e para sua família; com lábios úmidos, dirijo-me a ele... nas profundidades do meu ser reside a esperança de que, com isto, resgatarei o meu ato e, talvez, ainda consiga escapar; é um pequeno ardil: se, ao menos, me for permitido escapar, então cuidarei disto. Em seguida, abro a caderneta e leio, devagar: Gérard Duval, tipógrafo.

Com o lápis do morto, anoto o endereço num envelope e, em seguida, rapidamente recoloco tudo na sua túnica.

Matei o tipógrafo Gérard Duval. Vou ter de me tornar tipógrafo, penso, confusamente, tornar-me tipógrafo, tipógrafo...

À tarde, recupero a calma. Meu medo não tinha fundamento. O nome não me perturba mais. A loucura passa.

– Companheiro – digo para o morto (mas com serenidade) –, hoje você, amanhã serei eu. No entanto, se escapar desta, companheiro, hei de lutar contra o que nos destruiu a ambos: a você, tirando-lhe a vida... e a mim, tirando também a vida. Eu lhe prometo, companheiro: isto nunca mais acontecerá.

O sol brilha obliquamente. O cansaço e a fome esgotaram-me. O dia de ontem é para mim como uma névoa; ainda não há esperança de poder sair daqui. No meu torpor, não me dou conta de que começa a anoitecer. O crepúsculo parece chegar rapidamente. Tenho a impressão de que o tempo passa mais rápido. Mais uma hora. Se fosse verão, ainda teria de esperar três horas. Assim, falta apenas uma.

De repente, começo a tremer, com receio de que algo me possa acontecer neste intervalo. Não penso mais no morto; agora ele me é totalmente indiferente. De um instante para o outro, renasce o desejo de viver, e tudo que me propusera desaparece diante dele. É unicamente para não dar azar que ainda balbucio mecanicamente:

– Farei tudo o que lhe prometi – ... mas sei, desde já, que isto não é verdade.

Subitamente, lembro-me de que meus próprios companheiros poderão atirar em mim, quando eu me aproximar, rastejando; eles não podem adivinhar quem sou. Logo que seja possível, gritarei para que reconheçam minha voz. Ficarei diante da trincheira, estendido, até que me respondam.

Surge a primeira estrela. A frente continua tranquila. Respiro fundo, e minha agitação é tal que falo sozinho:

– Agora, nada de bobagens, Paul; calma, calma, Paul; se ficar tranquilo, conseguirá salvar-se, Paul.

O efeito produzido, quando pronuncio o meu nome, é o mesmo como se outra pessoa o fizesse, o resultado é muito maior.

A escuridão aumenta. Aos poucos, minha agitação cede. Por precaução, espero até que subam os primeiros foguetes luminosos. Então, arrasto-me para fora da cratera. Já esqueci o morto. Diante de mim, estende-se a noite que começa e o campo palidamente iluminado. Fixo o olhar num buraco de granada e, no momento em que a luz se extingue, precipito-me lá para dentro; tateando o caminho com todo o cuidado, chego ao próximo, abaixo-me e, assim, continuo a avançar.

Aproximo-me. À luz de um foguete, vejo qualquer coisa que se mexe na rede de arame farpado; algo que depois se imobiliza. Detenho-me, sem fazer ruído. Na próxima vez, torno a ver o mesmo; com certeza, são companheiros que vêm da nossa trincheira. Mas tomo muito cuidado, até reconhecer os nossos capacetes. Então chamo, e, logo em seguida, ouve-se como resposta o meu nome:

– Paul... Paul...

Torno a chamar. São Kat e Albert, que saíram com uma lona para me procurar.

– Está ferido?

– Não, não...

Precipitamo-nos para a trincheira. Peço comida e devoro o que me oferecem. Müller me dá um cigarro. Em poucas palavras, conto o que aconteceu. Não é, na verdade, nada de extraordinário; têm ocorrido muitos fatos como este. A única novidade é o ataque noturno. Mas Kat, certa vez, na Rússia, ficou preso dois dias atrás da frente russa, sem poder regressar.

A morte do tipógrafo, eu a omito.

Na semana seguinte, porém, não suporto mais, tenho de contá-lo a Kat e Albert. Ambos me tranquilizam.

– Não adianta se martirizar: que mais poderia ter feito? Afinal, é para isto que está aqui!

Ouço-os, sentindo-me protegido e reconfortado pela sua proximidade. Quanta asneira disse enquanto estava lá com o morto!

– Olhe só – aponta Kat.

Nos parapeitos, estão alguns atiradores de elite. Têm fuzis com miras telescópicas e examinam o setor inimigo. De vez em quando, ouvem-se tiros e, de repente, exclamações:

– Bem no alvo!

– Viu o salto que ele deu?

O sargento Oelldrich volta-se, orgulhoso, e registra o seu êxito. Está na frente da lista de tiro de hoje, com três tiros que comprovadamente acertaram o alvo.

– Que acha disto? – pergunta Kat.

Aceno com a cabeça.

– Se continuar assim, hoje à noite terá mais um passarinho colorido na lapela – declara Kropp.

– Ou então será promovido, em breve, a primeiro-sargento – acrescenta Kat.

Entreolhamo-nos.

– Eu não o faria – declaro.

– No entanto – diz Kat –, é bom que veja isto justamente agora.

O sargento Oelldrich volta para o parapeito. O cano de seu fuzil move-se de um lado para o outro.

– Está vendo que não é preciso preocupar-se com o seu caso – diz Albert, meneando a cabeça.

Agora, eu mesmo já não sei explicar o que se passa.

– Foi só porque tive de ficar tanto tempo perto dele – digo. – Afinal, guerra é guerra.

Oelldrich dispara o seu fuzil, com um estampido breve e seco.

Estamos com sorte: foi evacuada uma aldeia, que tem estado sob bombardeio intenso e constante, e destacaram-nos, num total de oito homens, para vigiá-la.

Como incumbência especial, foi-nos confiada a guarda do depósito de mantimentos, que ainda não foi desalojado. Quanto à nossa alimentação, é também ali que nos devemos abastecer. Para isto, somos as pessoas mais indicadas: Kat, Albert, Müller, Tjaden, Leer, Detering – todo o nosso grupo está aqui; é bem verdade que Haie morreu. Mas, ainda assim, é uma grande sorte, pois todos os outros grupos tiveram mais baixas que o nosso.

Como abrigo, escolhemos uma adega de cimento armado, para a qual se desce por uma escada exterior, que, por sua vez, é protegida por um muro de concreto. Desenvolvemos, agora, uma grande atividade. É ocasião de descansar não só as pernas, mas também a alma. Nunca deixamos de aproveitar estas oportunidades, porque a desesperança da guerra é grande demais para nos permitir o luxo de sentimentalismos. Isto só é possível quando as coisas não vão muito mal.

A nós, no entanto, nada mais resta senão sermos objetivos. Tão objetivos que, às vezes, chego a estremecer quando, por um instante, qualquer pensamento dos velhos tempos anteriores à guerra me vem à mente; mas não dura muito.

Na medida do possível, procuramos adaptar-nos da melhor forma às situações que surgem, aproveitando todas as oportunidades e passando diretamente, sem transição, dos estremecimentos de horror às piadas mais tolas. Não podemos agir de outra forma, é assim que nos encorajamos. Entusiasmados, começamos a preparar um idílio – é claro que se trata de um idílio de boa comida e bom sono. Forramos o chão com colchões que vamos buscar nas casas abandonadas: até mesmo um soldado gosta de sentar-se no macio. O chão só fica livre no meio. Depois, arranjamos cobertores e acolchoados, artigos luxuosamente macios. Encontramos de tudo com abundância na aldeia. Albert e eu descobrimos uma cama desmontável de mogno, com dossel de seda azul e renda. Suamos em bicas para transportá-la, mas não se pode perder uma coisa destas, já que, sem dúvida, seria destruída pelas balas dentro de poucos dias.

Kat e eu fazemos um pequeno reconhecimento pelas casas. Depois de algum tempo, recolhemos uma dúzia de ovos e duas libras de manteiga razoavelmente fresca. De repente, numa sala, ouve-se um estrondo, e um fogão de ferro atravessa, assobiando, a parede do nosso lado e, um metro mais adiante, ainda abre uma brecha na outra parede. Dois buracos. Este projétil improvisado veio da casa em frente, que foi atingida por uma granada.

– Tivemos sorte – ri Kat, e continuamos nossa busca; de repente, ouvimos um ruído e começamos a correr. Depois paramos e ficamos como que enfeitiçados: num pequeno chiqueiro, brincam dois leitões... Esfregamos os olhos e, com cuidado, olhamos de novo: realmente, ainda estão lá. Nós os agarramos: não há dúvida, são dois autênticos leitões!

Isto dará uma refeição magnífica. Mais ou menos a cinquenta passos de nosso abrigo, existe uma pequena casa que serviu de alojamento para os oficiais. Na cozinha há um enorme fogão, com duas grelhas, panelas, frigideiras e caldeirões. Está tudo aqui, até um suprimento de lenha já cortada, num alpendre: é o paraíso de um cozinheiro.

Dois homens estão desde cedo nos campos, procurando batatas, cenouras e ervilhas novas. Ficamos subitamente refinados e fazemos pouco dos enlatados do depósito: só queremos legumes frescos. Na despensa, já há duas couves-flores.

Os leitões são abatidos. Kat é quem trata disto. Para acompanhar os assados, queremos fazer bolinhos de batata. Mas não achamos um ralador. No entanto, esta dificuldade é logo superada. Com pregos, abrimos numerosos furos em algumas tampas, e eis os nossos raladores. Três homens calçam luvas grossas, para proteger os dedos enquanto ralam; os outros dois descascam as batatas, e tudo progride rapidamente. Kat toma conta dos leitões, das cenouras, das ervilhas e da couve-flor, para a qual chega a preparar um molho branco. Eu frito os bolinhos – sempre quatro de cada vez. Depois de dez minutos descubro como manobrar a frigideira de tal modo que os bolinhos, já prontos de um lado, quando atirados para o alto, virem-se no ar e voltem a cair na posição certa. Os leitões foram assados inteiros. Nós os rodeamos, como diante de um altar.

Neste ínterim, recebemos visitas: são dois radiotelegrafistas que, generosamente, convidamos para o almoço. Sentam-se no salão, onde há um piano. Um deles toca, o outro canta *Nas Margens do Weser*. Ele canta com sentimento, mas com um certo sotaque saxão. No entanto, a canção nos comove, enquanto preparamos nosso banquete.

Então, aos poucos, reparamos que começa um bombardeio. Os balões cativos descobrem a fumaça de nossa chaminé, e os projéteis chovem sobre a casa. São as malditas granadas de artilharia ligeira, que fazem um orifício pequeno, lançando muito longe a carga. Aproximam-se com seu assobio característico, mas não podemos abandonar a comida. Alguns estilhaços entram pela janela da cozinha. O assado já está pronto. Mas agora torna-se cada vez mais difícil fritar os bolinhos. Os projéteis caem tão perto, que a intervalos cada vez menores vão bater na parede e penetram pela janela. Cada vez que ouço uma granada aproximar-se, abaixo-me com a frigideira e os bolinhos. Logo depois, levanto-me e prossigo no meu trabalho.

Os saxões param de tocar: um estilhaço atingiu o piano. Por fim, tudo fica pronto, e organizamos nossa retirada para o abrigo. Depois que explode a próxima granada, dois homens saem correndo com as panelas de legumes e percorrem os cinquenta metros que os separam do abrigo. Vêmo-los desaparecerem.

Mais um tiro. Todos se abaixam e, em seguida, dois homens, cada um com um grande bule de café de primeira, saem a toda velocidade e alcançam o abrigo antes da próxima explosão.

Agora, Kat e Kropp pegam a obra-prima – o panelão com os leitões dourados. Um estampido; ajoelham-se, e lá vão eles, numa corrida de cinquenta metros em campo aberto.

Frito os últimos quatro bolinhos e, enquanto o faço, sou obrigado a abaixar-me duas vezes até o chão... mas, afinal, são mais quatro bolinhos, e este é meu prato predileto.

Então, pego a travessa cheia de bolinhos e me encosto na porta da casa. Um silvo, um estrondo, e saio a galope, comprimindo a travessa com as duas mãos contra o peito. Estou quase chegando, ouço o ruído estridente, que cresce a cada momento, e corro como um louco, contorno a parede de concreto contra a qual os estilhaços vão espatifar-se e precipito-me pela escada do celeiro abaixo; meus cotovelos estão esfolados, mas não perdi um único bolinho e nem mesmo quebrei a travessa.

Às duas horas, começamos a comer. O banquete prolonga-se até as seis. Às seis e meia, tomamos café: café para oficiais, do depósito de alimentos, e fumamos charutos e cigarros de oficiais, também da mesma origem. Às sete e meia em ponto, começamos a jantar. Às dez, jogamos as ossadas dos leitões pela porta. Então, servimo-nos de conhaque e de rum, também oriundos do abençoado depósito, e novamente fumamos os compridos charutos, com cintas douradas. Tjaden afirma que só falta uma coisa: garotas de um bordel para oficiais.

Tarde da noite, ouvimos um miado. Um gatinho cinzento está sentado na entrada. Atraímo-lo e lhe damos de comer, o que nos abre novamente o apetite. Ainda mastigando, deitamo-nos para dormir.

No entanto, passamos uma noite difícil. Comemos gordura demais. Leitão fresco faz mal aos intestinos. Há um interminável entrar e sair do abrigo. Dois ou três homens estão sempre sentados lá fora, com as calças arriadas, praguejando. Eu mesmo percorri nove vezes o caminho. Por volta das quatro horas da madrugada, batemos o recorde: todos os onze homens, soldados do posto e visitantes, estão agachados lá fora.

As casas incendiadas ardem como tochas na noite. Chovem granadas, que explodem bem junto a nós. Colunas de munição passam pela rua. O depósito de mantimentos foi destruído de um lado. Como um enxame de abelhas, os motoristas das colunas de munição precipitam-se para lá, apesar de todos os estilhaços, para roubarem pão. Nós os deixamos em paz. Se disséssemos alguma coisa, arriscar-nos-íamos a uma boa surra; fazemos a coisa de modo diferente: explicamos que somos os guardas da aldeia e, como sabemos onde estão os alimentos, oferecemos-lhes os enlatados em troca de coisas de que necessitamos.

E que importa? Em pouco tempo, tudo será destruído pelas granadas. Para nós, apanhamos chocolate, que comemos aos tabletes: Kat diz que é bom para dor de barriga.

Passamos quase quinze dias assim, comendo, bebendo, vagabundeando. Ninguém nos incomoda. Lentamente, a aldeia desaparece sob as granadas, e nós levamos uma vida feliz. Enquanto houver o que comer no depósito, não temos preocupações: nosso único desejo é ficar aqui até o fim da guerra.

Tjaden torna-se de tal modo refinado e exigente, que só fuma charutos pela metade. Explica, com arrogância, que é hábito antigo.

Kat também se mostra muito animado. Suas primeiras palavras, de manhã, são:

– Emil, traga-me caviar e café.

Tornamo-nos extraordinariamente sofisticados: cada um considera o outro como seu ordenança, trata-o de "você" e lhe dá ordens.

– Kropp, a sola do pé está me coçando, queira pegar o piolho – diz Leer, estendendo-lhe a perna como se fosse uma corista, e Albert, puxando-o pelos pés, arrasta-o até o alto da escada.

– Tjaden!

– Que é?

– Descansar, Tjaden; e, por sinal, não se diz "que é?", mas: "às suas ordens"... entendeu, Tjaden?

Tjaden replica com uma frase da peça *Goetz von Berlichingen*, de Goethe, que tem sempre à mão.

Oito dias depois, recebemos ordens para nos retirar. Acabou a sopa. Dois grandes caminhões nos apanham. Estão carregados de tábuas até em cima, mas, apesar disto, lá no alto, Albert e eu armamos nossa cama com o dossel de seda azul, o colchão e duas colchas de renda. Na cabeceira, há um saco com as melhores provisões para cada um. Às vezes, nós os apalpamos, e as linguiças, as latas de pasta de fígado, conservas e as caixas de charutos enchem de alegria nossos corações. Cada homem tem um carregamento idêntico.

Kropp e eu ainda salvamos também duas poltronas de veludo vermelho. Estão em cima da cama, e nós nos refestelamos nelas, como se estivéssemos num camarote de teatro. Acima de nós, a seda do baldaquim. Cada um fuma um comprido charuto. Assim instalados, olhamos do alto toda a paisagem.

Entre nós, há uma gaiola de papagaio que encontramos e onde colocamos o gatinho que nos acompanha, ronronando diante de uma tigela de carne.

Rolamos lentamente pela estrada. Cantamos. Lá atrás, explodem as granadas na aldeia, agora inteiramente abandonada.

Alguns dias depois, partimos para evacuar outro lugarejo. No caminho, encontramos os habitantes, que, expulsos de suas casas, fogem, arrastando seus bens em carroças, em carrinhos de bebê ou às costas. Os vultos estão curvados, seus rostos cheios de sofrimento, de desespero, de pressa e de resignação. As crianças penduram-se nas mãos das mães; às vezes, é uma filha mais velha que leva os menores: caminham aos tropeços, olhando sempre para trás. Algumas levam nos braços suas pobres bonecas. Todos se calam quando passam por nós.

Ainda vamos em coluna de marcha. Provavelmente, os franceses não vão atirar numa aldeia onde há compatriotas seus. Mas, poucos minutos depois, o ar enche-se de zunidos, a terra treme, soam gritos – uma granada acaba de pulverizar o último pelotão da retaguarda. Dispersamo-nos e atiramo-nos ao chão, mas, no mesmo instante, sinto que me abandona o sangue-frio que, sob o fogo, me leva inconscientemente a agir certo. Um pensamento me arrebata: "Você está perdido", e um medo terrível parece estrangular-me; no momento seguinte, sinto um algo varrer como um chicote por sobre minha perna esquerda. Ouço Albert gritar, a meu lado.

– De pé, vamos, Albert! – grito, pois estamos sem proteção em campo aberto.

Ele levanta-se, cambaleante, e corre. Mantenho-me a seu lado. Temos de passar por cima de uma cerca viva: é mais alta do que nós. Kropp agarra-se a um galho; seguro sua perna, e ele grita, dou-lhe um impulso, e ele pula para o outro lado. Com um salto, sigo atrás dele e caio numa vala que fica oculta por trás da cerca.

Nossos rostos estão cobertos de lama, mas é um bom abrigo. Então, afundamos na lama até o pescoço. Quando ouvimos o assobio de um projétil, mergulhamos as cabeças.

Depois de fazer isto uma dúzia de vezes, sinto-me exausto. Albert também se queixa:

– Vamos embora, senão caio e morro afogado.

– Onde foi que o acertaram? – pergunto.

– Acho que foi no joelho.

– Consegue correr?

– Acho que sim.

– Então, vamos embora!

Alcançamos a vala da estrada e corremos, abaixados, ao longo dela.

O fogo nos persegue. A estrada leva ao Depósito de Munições. Se aquilo for pelos ares, ninguém achará sequer um botão nosso. Por isso, mudamos de rumo e corremos obliquamente pelo campo.

Albert não consegue mais correr.

– Vá andando, eu sigo depois – diz, atirando-se ao chão.

Agarro-o pelo braço e o sacudo.

– De pé, Albert; se você se deitar, não conseguirá mais avançar. Vamos, apoie-se em mim.

Finalmente, alcançamos um pequeno abrigo. Kropp joga-se no chão e eu faço-lhe um curativo. O tiro atingiu-o logo acima do joelho. Depois, olho para mim mesmo. As calças estão ensanguentadas, e o braço também. Albert me enfaixa os ferimentos com suas ataduras de emergência. Ele já não consegue mexer a perna, e nós nos admiramos de como conseguimos chegar até aqui. Foi o medo que nos empurrou; mesmo se ambos os pés tivessem sido amputados, continuaríamos a correr sobre os cotos.

Ainda consigo arrastar-me um pouco e chamo um caminhão que passa, e nos leva. Está cheio de feridos. Um enfermeiro aplica uma injeção antitetânica no peito de cada um.

No Posto de Primeiros Socorros, damos um jeito de ficar deitados um ao lado do outro. Servem-nos uma sopa rala, que tomamos ao mesmo tempo com avidez e com desdém, porque estamos habituados a épocas melhores, mas temos uma fome terrível.

– Agora, vamos voltar para casa, Albert – digo.

– Se Deus quiser – responde. – Mas se ao menos eu soubesse o que tenho.

As dores aumentam. As ataduras ardem como fogo. Bebemos, sem parar, um copo de água depois do outro.

– A que distância do joelho fica o meu ferimento? – pergunta Kropp.

– Pelo menos uns dez centímetros, Albert – respondo. Na verdade, são talvez três.

– Já decidi – diz ele, depois de certo tempo. – Se me tirarem a perna, eu me mato. Não quero andar como um aleijado pelo mundo.

Assim ficamos, deitados, com os nossos pensamentos, esperando.

À noite, vêm buscar-nos para o matadouro. Assusto-me e penso rapidamente no que devo fazer, porque todos sabem que os médicos de campanha estão sempre prontos para amputar. Devido ao grande movimento, é mais simples do que fazer remendos complicados. Lembro-me de Kemmerich. Não me deixarei anestesiar de jeito nenhum, mesmo que seja preciso quebrar-lhe a cara.

Tudo corre bem. O médico revolve tanto a ferida, que vejo tudo preto.

– Não comece a dar espetáculo – resmunga, continuando a cortar. Os instrumentos brilham sob a luz forte, como animais traiçoeiros. A dor é insuportável. Dois enfermeiros seguram meus braços, mas consigo livrar-me de um deles e tento atirá-lo de encontro aos óculos de aro dourado do médico, quando ele nota minha intenção e dá um salto para trás.

– Deem-lhe clorofórmio! – grita, furioso.

Então, eu me acalmo.

– Perdoe-me, Sr. Doutor, prometo que ficarei quieto, mas não me dê clorofórmio.

– Está bem – declara, asperamente, retomando seus instrumentos.

É um rapaz louro; tem no máximo trinta anos, cicatrizes de duelos acadêmicos e antipáticos óculos com aros de ouro. Observo que agora está me provocando: mexe na ferida e, de vez em quando, me olha de soslaio, por cima dos óculos. Minhas mãos agarram-se à mesa de cirurgia, mas prefiro esticar as canelas a deixá-lo ouvir um só grito meu. Extraiu um estilhaço e atira-o para mim.

Parece que está satisfeito com meu comportamento, pois coloca as talas com grande cuidado e diz:

– Amanhã, irá para casa.

Depois, engessam-me a perna.

Quando volto para junto de Albert, conto-lhe que provavelmente um trem sanitário chegará amanhã.

– Precisamos falar com o sargento-enfermeiro para dar um jeito de não nos separarem, Albert.

Consigo entregar ao primeiro-sargento, com algumas palavras adequadas, dois dos meus charutos. Ele os cheira e pergunta:

– Tem mais?

– Tenho mais um punhado deles – digo. – E meu companheiro – aponto para Albert – também. Gostaríamos de entregá-los ao senhor, amanhã de manhã, pela janela do trem sanitário.

Entende perfeitamente, cheira-os mais uma vez e diz:

– Combinado!

À noite, não conseguimos dormir um minuto sequer. Na sala onde estamos, morrem sete homens. Um deles canta hinos durante uma hora, antes de agonizar, numa voz de tenor.

Outro, antes de morrer, rasteja da cama até a janela, e fica lá, estendido, como se quisesse olhar para fora pela última vez.

Nossas macas já estão na estação. Aguardamos o trem. Chove, e a estação não tem telhado; nossos cobertores são muito finos. Há duas horas que esperamos.

O primeiro-sargento cuida de nós como uma mãe. Apesar de me sentir muito mal, não esqueço o nosso plano. Assim, com o ar mais inocente, mostro-lhe o embrulho com os charutos, dando-lhe apenas um, como adiantamento. Em troca, o primeiro-sargento cobre-nos com uma lona impermeável.

– Albert, meu velho – lembro-me –, e a cama com baldaquim e tudo... e o nosso gato...

– E as poltronas? – acrescenta ele.

Sim, as poltronas de veludo vermelho... Como príncipes, nós nos sentávamos nelas, enquanto fazíamos planos de alugá-las mais tarde: um cigarro por hora. Teria sido uma vida despreocupada e um grande negócio.

— Albert – digo, lembrando-me –, e os nossos sacos de comida?

Uma grande melancolia nos invade. Poderíamos ter aproveitado tanto aquelas coisas... Se o trem tivesse partido um dia mais tarde, com certeza Kat ter-nos-ia achado e trazido toda a tralha.

Maldito azar! Temos sopa de farinha na barriga, magra alimentação de hospital, ao passo que os sacos estão cheios de carne de porco assada. Mas estamos tão enfraquecidos que nem conseguimos nos irritar com estas recordações.

De manhã, quando o trem chega, as macas estão encharcadas. O primeiro-sargento se encarrega de instalar-nos no mesmo vagão. Há um grupo de enfermeiras da Cruz Vermelha. Kropp é colocado embaixo. Levantam-me e me acomodam na cama de cima.

— Meu Deus! – exclamo, de repente.

— Que há? – pergunta a enfermeira.

Olho novamente para a cama. Está coberta de lençóis brancos como a neve, tão limpos que ainda se veem os vincos do ferro. Em compensação, minha camisa não é lavada há seis semanas. Está imunda.

— Não consegue subir sozinho? – pergunta a enfermeira, preocupada.

— Não é isto – digo. – Mas a senhora quer tirar a roupa de cama primeiro?

— Mas por quê?

Sinto-me como um porco. Devo deitar-me assim, todo sujo?

— Mas vou... – digo hesitante.

— Acha que vai sujar um pouco o lençol? – pergunta ela, encorajadoramente. – Não faz mal, depois lavaremos tudo de novo.

— Não, não é bem isso – respondo, agitado. Não consigo enfrentar tantos requintes de civilização.

— Já que o senhor ficou estendido lá fora nas trincheiras, acho que não custa nada lavar um lençol – continua ela.

Olho para ela, está transbordando de juventude, limpa e cheirosa como tudo aqui; não se compreende que não seja reservada exclusivamente para oficiais, e a gente se sente estranho e, de certa forma, assustado.

A mulher é mesmo um carrasco, obriga-me a dizer tudo.
– É simplesmente...
Paro, abruptamente, porque ela deve ter entendido o que quero dizer.
– Que mais há?
– É por causa dos piolhos – deixo escapar, finalmente.
Ela ri.
Agora, já não me importo mais. Meto-me na cama e me cubro.
Uma mão passa os dedos por debaixo do cobertor. É o primeiro-sargento. Desaparece com os charutos.
Uma hora depois, notamos que o trem está em movimento.

À noite, não consigo dormir. Kropp também está agitado. O trem desliza pelos trilhos. Tudo ainda continua irreal para mim: uma cama, um trem, minha casa.
– Albert – sussurro.
– Que é?
– Sabe onde é a latrina?
– Acho que é a porta à direita.
– Vou dar uma olhada.
Está escuro, tateio, procurando a beirada da cama, e, cuidadosamente, tento descer. Mas meu pé não encontra apoio, começo a escorregar, a perna engessada não ajuda, e caio no chão.
– Merda – digo.
– Machucou-se? – pergunta Kropp.
– Que acha? – resmungo. – Minha cabeça.
Na outra extremidade do vagão, abre-se uma porta.
Uma enfermeira aproxima-se com uma luz e olha para mim.
– Ele caiu da cama.
Ela me toma o pulso e passa a mão na minha testa.
– Não está com febre.
– Não – concordo.
– Estava sonhando? – pergunta.
– Talvez – respondo evasivamente. O interrogatório recomeça. Ela me olha com seus olhos claros, e quanto mais delicadeza

demonstra, maior é minha dificuldade de dizer-lhe o que desejo. Se ela fosse mais velha, seria mais fácil, mas é muito jovem, deve ter, no máximo, vinte e cinco anos, não vou conseguir.

Então Albert me socorre, ele não é tímido e pouco se importa com o que os outros pensem.

Ele chama-a:

– Enfermeira, ele quer... – mas Albert também não sabe expressar-se irrepreensível e corretamente. Entre nós, lá na frente, isto se diz com uma única palavra, mas aqui, diante de uma dama... De repente, no entanto, ele se lembra dos dias de escola e completa, sem dificuldade:

– Ele quer ir lá fora, enfermeira.

– Ah, bem – diz ela. – Mas, para isto, não precisa descer da cama, com a perna engessada. Que deseja?

Assusto-me mortalmente com este novo aspecto do diálogo, pois não tenho a menor ideia de como se chamam essas coisas tecnicamente. A enfermeira me salva:

– Pequeno ou grande?

– Bem... é só o pequeno.

Apesar de tudo, consegui o que queria.

Trazem uma espécie de garrafa. Depois de algumas horas, já não sou o único e, de manhã, já nos habituamos e pedimos, sem o menor constrangimento, aquilo de que precisamos.

O trem avança lentamente. Às vezes, para, e os mortos são descarregados. Ele para frequentemente.

Albert está com febre. Eu passo razoavelmente bem, apesar de sentir muitas dores, mas o pior é que provavelmente ainda há piolhos sob o gesso. É horrível, porque não posso me coçar. Passamos quase todo o tempo cochilando. A paisagem desliza suavemente pela janela. Na terceira noite, chegamos a Herbesthal. Ouço a enfermeira dizer que Albert será descarregado na próxima estação por causa de sua febre.

– Até onde vai o trem? – pergunto.

– Até Colônia.

— Albert, ficaremos juntos — digo. — Você vai ver.

Na próxima ronda da enfermeira, prendo a respiração e faço com que o ar suba até a cabeça, que incha e fica vermelha.

A enfermeira para.

— Está sentindo dor?

— Sim — gemo —, começou de repente.

Ela me dá um termômetro e retira-se. Não estaria na escola de Kat se não soubesse o que é preciso fazer agora. Estes termômetros do exército não foram feitos para soldados experientes. Basta fazer subir o mercúrio, e ele se conserva onde chegou.

Coloco o termômetro debaixo do braço, obliquamente e voltado para baixo e estalo sem parar com o indicador de encontro a ele. Depois, sacudo-o. Assim, consigo chegar a 37,9°. Mas isto não é suficiente. Um fósforo aceso, encostado com muito cuidado, obtém 38,7°.

Quando a enfermeira volta, respiro ofegante, fito-a com um olhar vidrado, mexo-me muito e murmuro:

— Não aguento mais...

Ela anota meu nome num papel; sei muito bem que, sem grande necessidade, não abrirão o gesso.

Albert e eu somos descarregados juntos.

Ficamos num hospital católico, na mesma enfermaria. Isto é muita sorte, pois os hospitais católicos são conhecidos pelo bom tratamento e pela boa alimentação. O hospital ficou lotado com a chegada do nosso trem; há muitos casos graves. Hoje, não vamos ainda a exame, porque os médicos são poucos. No corredor, passam continuamente as macas com rodas de borracha, levando sempre uma pessoa estendida. É uma posição dos diabos. Só é boa quando se dorme.

A noite é muito agitada. Ninguém consegue dormir. Pela madrugada, cochilamos um pouco. Acordo quando o dia começa a nascer. A porta está aberta, e ouço vozes que vêm do corredor. Os outros também acordam. Um deles, que já está aqui há alguns dias, nos explica:

– As Irmãs rezam todas as manhãs no corredor. Elas chamam a isto de "oração matutina". Abrem a porta para que vocês participem. Não há dúvida de que a intenção é boa, mas nossos ossos e nossas cabeças doem.

– Que absurdo! – digo. – Logo agora que tínhamos acabado de pegar no sono.

– Os casos menos graves vêm para cá, é por isso que rezam aqui – responde.

Albert geme. Fico furioso e grito:

– Silêncio aí fora!

Um minuto depois, aparece uma Irmã. Com seu hábito branco e preto, parece um abafador de café.

– Queira fechar a porta, Irmã – diz alguém.

– Estamos rezando, é por isto que a porta está aberta – responde.

– Mas queremos continuar a dormir.

– Rezar é melhor do que dormir – declara, sorrindo com inocência. – E, depois, já são sete horas!

Albert torna a gemer.

– Fechem a porta – esbravejo.

Ela fica confusa, parece não compreender.

– Mas estamos rezando pelos senhores também.

– Não me interessa! Fechem a porta!

Ela desaparece, deixando a porta aberta. A ladainha recomeça. Fico furioso e digo:

– Agora, vou contar até três. Se não pararem, alguma coisa vai voar.

– Daqui também – acrescenta outro.

Conto até cinco. Depois pego uma garrafa, faço pontaria e arremesso-a pela porta para o corredor. Quebra-se em mil pedaços. As orações param. Um enxame de Irmãs aparece, ralhando suavemente.

– Fechem a porta! – gritamos.

Retiram-se. A que surgira há pouco é a última a sair.

– Ateus! – resmunga, mas vai fechando a porta.

Vencemos.

173

Ao meio-dia, chega o inspetor do hospital e nos passa uma descompostura. Ameaça-nos com cadeia e não sei mais o quê. Ora, um inspetor de hospital, como qualquer outro inspetor, é alguém que usa uma espada comprida e ombreiras, mas não passa de um funcionário civil, e, assim, não é considerado oficial nem pelos recrutas. Por isso, deixamo-lo falar. Aliás, não nos podem fazer mais nada.

– Quem atirou a garrafa? – pergunta.

Antes que tenha tempo de resolver se devo me acusar ou não, alguém diz:

– Fui eu.

Ergueu-se na cama um homem de barba crespa. Todos estão muito curiosos para saber por que ele se acusou.

– Foi você?

– Sim, senhor. Fiquei irritado, porque nos acordaram sem razão, e perdi o controle; nem sabia mais o que estava fazendo.

Suas palavras parecem sair de um livro.

– Como se chama?

– Reservista Josef Hamacher.

O inspetor se retira. Todos estão intrigados.

– Por que disse que atirou a garrafa?

Ele começa a rir.

– Não faz mal. Tenho uma licença para caçar.

Então, nós compreendemos tudo. Se tem uma licença de caça, pode fazer o que quiser.

– Sim – explica-nos. – Levei um tiro na cabeça, e, depois disto, deram-me um atestado de que, de vez em quando, não sou responsável pelos meus atos. Desde então, faço o que bem entendo. É proibido me irritar. Assim, não me acontece nada. Aquele sujeito vai ficar danado. E eu me acusei porque gostei da história da garrafa. Se amanhã abrirem a porta outra vez, jogamos de novo.

Estamos encantados. Com Josef Hamacher entre nós, podemos arriscar tudo.

Depois, vêm as tais macas silenciosas para nos buscar.

As ataduras estão coladas na pele. Berramos como bezerros.

Na nossa enfermaria, há oito homens. Peter é o que está mais gravemente ferido; tem o cabelo preto revolto; levou um tiro no pulmão, é um caso complicado. Franz Wächter, que está a seu lado, foi ferido a bala no braço; a princípio, não parecia grave, mas, na terceira noite, ele nos chama, pedindo que toquemos a campainha, pois acha que está com uma hemorragia. Toco bem alto. A enfermeira da noite não vem. Nós a temos ocupado muito à noite, porque fomos todos enfaixados de novo, e, por isso, estamos sempre com dor. Um deles queria que lhe virassem a perna assim, o outro, de outro modo, o terceiro pediu água, o quarto queria que arrumassem os travesseiros; por fim, a velha gordota resmungou e saiu batendo com a porta. Agora, naturalmente, supõe que se trata de algo semelhante e não aparece.

Esperemos. Franz diz, então:

– Toque outra vez.

Eu faço. Ela não dá sinal de vida. Na nossa ala, de noite, há apenas uma Irmã de serviço; talvez esteja ocupada em outros quartos.

– Franz, tem certeza de que está sangrando? – pergunto. – Senão, vamos arranjar outra encrenca.

– O curativo está encharcado. Alguém pode acender a luz?

É impossível. O interruptor fica junto à porta, e ninguém pode levantar-se.

Conservo o polegar na campainha até ele ficar dormente. Talvez a Irmã tenha adormecido. É verdade que está sobrecarregada de trabalho, mesmo de dia. Isto sem falar na reza constante.

– Será preciso atirar outra garrafa? – pergunta Josef Hamacher, o que tem licença de caça.

– Isto ela vai ouvir tanto quanto a campainha.

Finalmente, a porta se abre. A velha surge, resmungando. Quando vê o braço de Franz, agita-se e pergunta:

– Por que não me avisaram?

– Nós tocamos, mas ninguém aqui consegue andar.

Franz perdeu muito sangue, e eles fazem um novo curativo. De manhã, olhamos para o seu rosto, está mais afilado, amarelo, e, no entanto, na noite anterior, tinha um ar quase saudável. Agora, a Irmã vem com mais frequência.

Às vezes, vêm também enfermeiras voluntárias da Cruz Vermelha. São agradáveis, mas, muitas vezes, um tanto desajeitadas. Quando trocam as camas, frequentemente nos machucam e ficam tão assustadas que ainda fazem tudo pior. Pode-se confiar nas Irmãs: têm mais experiência. Conhecem o seu trabalho, mas gostaríamos que fossem mais alegres. Algumas têm um certo humor e chegam a ser engraçadas. Quem não faria qualquer coisa para agradar Irmã Libertine, esta criatura admirável que espalha alegria por todo o andar? E há outras parecidas por aqui. Atravessaríamos o fogo por elas. Na verdade, não podemos nos queixar; aqui, as Irmãs nos tratam como se fôssemos civis. Só de pensar no hospital militar, ficamos arrepiados de medo.

Franz Wächter não consegue recuperar as forças. Um dia, vêm buscá-lo, e ele não volta. Josef Hamacher está bem-informado:

– Aquele, não veremos mais. Levaram-no para o quarto da morte.

– Que quarto é esse? – pergunta Kropp.

– Bem, é o quarto onde se morre.

– Onde fica?

– É um pequeno quarto neste pavilhão. Quando o sujeito está para esticar as canelas, eles o levam para lá. Tem duas camas. Todos o conhecem como o quarto da morte.

– Mas por que fazem isto?

– Assim, não têm tanto trabalho depois. É mais cômodo, também, porque fica ao lado do elevador que vai para o necrotério. Talvez o façam, também, para ninguém morrer nas enfermarias, por causa dos outros. Além disso, elas podem vigiá-lo melhor quando está sozinho.

– Mas, e o moribundo?

Josef encolhe os ombros.

– Geralmente não nota o que se passa.
– Todos sabem disto?
– Quem fica mais tempo aqui é claro que sabe.

À tarde, refazem a cama de Franz Wächter e trazem outro ferido. Depois de alguns dias, levam, por sua vez, o novo ocupante.

Josef faz um sinal significativo com a mão. Vemos ainda muitos outros chegarem e saírem.

Às vezes, os parentes sentam-se junto das camas e choram ou falam em voz baixa, com um certo constrangimento. Uma velha senhora não quer ir embora, mas não é permitido ficar lá durante a noite. Na manhã seguinte, ela vem bem cedo, mas, apesar disto, tarde demais... Quando se aproxima da cama, já é outro que está deitado. Tem de dirigir-se ao necrotério. Ela nos dá as maçãs que trouxe consigo.

O pequeno Peter também está pior. O gráfico de sua temperatura não é bom, e um dia aparece ao lado de sua cama o carrinho tão temido.

– Para onde vão me levar? – pergunta.

Colocam-no na maca. Mas a enfermeira comete o erro de retirar a farda do cabide e colocá-la também na maca, para não precisar fazer duas viagens. Peter compreende logo o que se passa e quer sair da maca.

– Vou ficar aqui!

Seguram-no. Grita com a voz um pouco abafada, por causa de seu pulmão ferido:

– Não quero ir para o quarto da morte!
– Mas nós vamos à sala de curativos.
– Para que precisam, então, de minha farda?

Não consegue falar mais. Rouco, agitado, murmura:

– Quero ficar aqui.

Não respondem e levam-no. Na porta, ainda tenta erguer-se. Os cabelos negros, revoltos, tremem, quando sacode a cabeça; os olhos estão cheios de lágrimas.

– Vou voltar! Vou voltar! – grita.

A porta se fecha. Ficamos todos impressionados, mas não dizemos nada. Finalmente, Josef comenta:

– Muitos já disseram isto. Mas, depois que se vai para lá, não há jeito de escapar.

Sou operado, e passo dois dias vomitando. Meus ossos não querem consolidar-se, diz o auxiliar do médico. Com um outro, consolidam-se viciosamente, eles quebram-nos de novo. É horrível.

Entre os recém-chegados, estão dois jovens soldados com os pés chatos. Durante a visita, o médico-chefe os descobre e para, radiante.

– Acabaremos logo com isto – diz ele. – Basta uma pequena operação para ficarem com os pés em forma. Queira tomar nota, Irmã.

Quando o médico se retira, Josef, que sabe de tudo, previne-os:

– Não deixem que os operem de jeito nenhum! O velho tem mania de experiências. Está doido atrás de todos que consegue agarrar para isto. Ele lhes opera os pés chatos, e vocês, na verdade, não terão mais compensação, terão pés tortos e serão obrigados a andar de bengala para o resto da vida.

– Mas o que podemos fazer, nesse caso? – pergunta um deles.

– Dizer que "não"! Estão aqui para que tratem de seus ferimentos, e não de pés chatos! Vocês não os tinham no campo de batalha? Então, estão vendo? Agora ainda conseguem andar, mas, assim que caírem nas mãos do velho, ficarão aleijados. Precisa de cobaias; para ele, assim como para todos os cirurgiões, a guerra é uma época magnífica. Deem uma olhada na enfermaria lá de baixo: há uma dúzia de homens que ele operou, mancando de um lado para outro; alguns estão aqui desde 1914 e 1915! Nenhum deles anda melhor do que antes; quase todos pioraram, e a maioria tem as pernas ainda engessadas. De seis em seis meses, ele os agarra novamente e quebra-lhes os ossos e, a cada vez, promete a cura. Prestem atenção: ele não pode operá-los se vocês se recusarem.

– Olhe, meu velho – diz um dos infelizes, com resignação –, é melhor operar os pés do que a cabeça. Ninguém sabe o que irá acontecer quando se retorna à frente. Podem fazer comigo o que quiserem, com a condição de eu poder voltar para casa. Mais vale um pé torto do que morrer.

O outro, jovem como nós, não quer ser operado. Na manhã seguinte, o velho manda buscar os dois e, à força de arengas e ameaças, acaba convencendo-os. Ambos consentem, por fim; aliás, que mais poderiam fazer? São apenas uns pobres recrutas, e ele é um medalhão.

Engessados e cloroformizados, são trazidos de volta da sala de operações.

Albert piorou. Vieram buscá-lo para amputar-lhe a perna. Cortaram-na à altura da coxa. Agora, ele quase não fala mais. Certa vez, diz que vai suicidar-se, assim que puser as mãos no seu revólver novamente.

Chega um novo transporte. Nossa enfermaria recebe dois cegos. Um deles é um músico muito jovem. As enfermeiras nunca trazem facas quando lhe dão comida, porque uma vez ele a arrancou de suas mãos. Apesar desta precaução, há um acidente. À noite, na hora do jantar, a enfermeira recebe um chamado de outra enfermaria e deixa o prato com o garfo em cima da mesa, ao seu lado. Ele tateia até encontrar o garfo, enterra-o, violentamente, na altura do coração; depois, pega uma bota e bate no cabo do garfo com toda a força de que dispõe. Gritamos por socorro e são necessários três homens para retirar o garfo. Os dentes cegos do garfo haviam penetrado profundamente. Durante toda a noite, prageja contra nós, impedindo-nos de dormir. De manhã, tem uma crise de choro.

As camas ficam novamente vagas. Os dias se sucedem, entre dores e medo, gemidos e estertores. Até mesmo o quarto da morte não chega para as necessidades: é pequeno demais. À noite, os homens morrem na nossa enfermaria. A morte é mais rápida do que as Irmãs.

Mas, um belo dia, a porta se escancara, o famoso carrinho rola para dentro, e, pálido e magro, sentado com um ar triunfante, os cabelos pretos revoltos, lá está Peter! Radiante, a Irmã Libertine leva-o até a sua antiga cama. Voltou do quarto da morte. Nós o considerávamos morto há muito tempo. Ele olha à sua volta.

— E agora, que acham disto?

E o próprio Josef tem de reconhecer que é a primeira vez que presencia uma coisa dessas.

Com o passar do tempo, alguns recebem autorização para se levantar. Recebo umas muletas, para me ajudarem a capengar por aí. Mas não faço muito uso delas; não consigo suportar o olhar de Albert, quando me vê andando pelo quarto. Ele me fita sempre com uns olhos tão estranhos! Por isso às vezes fujo para o corredor; lá posso movimentar-me mais livremente.

No andar de baixo, estão os que receberam tiros na barriga, na coluna e na cabeça e os casos de amputações bilaterais. Na ala direita, os que foram atingidos no maxilar, os intoxicados pelos gases venenosos e os feridos no nariz, ouvido e pescoço. Na ala esquerda, os cegos, os feridos no pulmão, bacia, articulações, rins, testículos e estômago. Aqui, vê-se pela primeira vez em quantos lugares o corpo humano pode ser atingido.

Dois homens morrem de tétano. A pele fica lívida, os membros enrijecem e, por fim, só os olhos teimam em viver. Muitos têm o membro atingido suspenso no ar por uma espécie de roldana; embaixo, colocam uma bacia, para onde escorre o pus. De duas em duas, ou três em três horas, eles esvaziam-na. Outros ficam em tração, com pesados sacos de areia que pendem da cama. Vejo ferimentos nos intestinos, que estão constantemente cheios de fezes. O auxiliar do médico mostra-me radiografias com ossos do quadril, joelhos e ombros totalmente esmagados.

Não se consegue compreender como, em corpos tão dilacerados, ainda há rostos de seres humanos em que a evolução da vida prossegue normalmente. E, contudo, isto aqui é um único hospital, uma única enfermaria. Na Alemanha, há cem mil, cem mil na França, cem mil na Rússia. Como é inútil tudo quanto já foi escrito, feito e pensado, quando não se conseguem evitar estas coisas! Devem ser mentiras e insignificâncias, quando a cultura de milhares de anos não conseguiu impedir que se derramassem esses rios de sangue e que existam aos milhares estas prisões, onde se sofrem tantas dores. Só o hospital mostra realmente o que é a guerra.

Sou jovem, tenho vinte anos, mas da vida conheço apenas o desespero, o medo, a morte e a mais insana superficialidade que se estende sobre um abismo de sofrimento. Vejo como os povos são insuflados uns contra os outros e como se matam em silêncio, ignorantes, tolos, submissos e inocentes. Vejo que os cérebros mais inteligentes do mundo inventam armas e palavras para que tudo isto se faça com mais requintes e maior duração. E, como eu, todos os homens de minha idade, tanto deste quanto do outro lado, no mundo inteiro, veem isto; toda a minha geração sofre comigo. Que fariam nossos pais se um dia nós nos levantássemos e nos apresentássemos a eles, para exigir que nos prestassem contas? Que esperam de nós, se algum dia a guerra terminar? Durante todos esses anos, nossa única preocupação foi matar. Nossa primeira profissão na vida. Nosso conhecimento da vida limita-se à morte. Que se pode fazer, depois disto? Que será de nós?

O mais velho de nossa enfermaria é Lewandowski. Tem quarenta anos e já está no hospital há dez meses, com um grave ferimento no ventre. Somente nas últimas semanas conseguiu recuperar-se a ponto de dar alguns passos, curvado e capengando.

Já há alguns dias está numa grande agitação. Sua mulher lhe escreveu, do pequenino lugarejo onde mora, na Polônia, contando que conseguiu juntar dinheiro para pagar a viagem e que vem visitá-lo.

Ela já está a caminho, e pode chegar a qualquer hora. Para Lewandowski, a comida não tem mais sabor, até dá de presente o repolho roxo com linguiça, mal começa a comer. Não para de andar pela enfermaria, tendo na mão a carta que todos já leram dezenas de vezes; o carimbo foi não sei quantas vezes comprovado, a letra está quase irreconhecível, tantas são as manchas de gordura e as marcas de dedos. Como era de se esperar, Lewandowski fica com febre e é obrigado a voltar para a cama.

Não vê a mulher há dois anos. Neste ínterim, ela teve uma criança, que virá com ela. Mas há algo que preocupa Lewandowski. Tinha esperança de receber permissão para sair, quando sua mulher chegasse; vê-la já é muito, mas, quando um homem fica perto da mulher depois de tanto tempo de separação, gostaria de outra coisa.

Lewandowski já discutiu isto conosco durante várias horas, pois na tropa não se faz segredo destas coisas. E ninguém vê nada de extraordinário nisto. Aqueles que já podem sair contaram-lhe sobre alguns recantos propícios na cidade – jardins e parques onde ninguém iria perturbá-los; um dos homens conhecia mesmo um quarto pequeno e discreto.

Mas de que vale tudo isto? Lewandowski continua de cama, cheio de preocupações. A vida toda não lhe dará mais prazer, caso tenha de desistir de seu projeto. Nós o consolamos e prometemos que havemos de encontrar uma solução qualquer.

Na tarde seguinte aparece a mulher dele, uma coisinha pequenina, encarquilhada, com olhos de passarinho, vivos e espantados, envolta numa espécie de mantilha preta, com franzidos e fitas, sabe lá Deus de quem herdou tal peça!

Murmura algo em voz baixa e para, tímida, diante da porta. Apavora-se ao ver seis homens.

– Bem, Marja – diz Lewandowski, engolindo em seco –, pode entrar sem receio, estes aqui não lhe farão mal.

Ela dá a volta à enfermaria, apertando a mão de cada um. Depois, exibe a criança, que, nesse ínterim, sujara a fralda. Traz uma bolsa grande, bordada de pérolas, da qual tira uma fralda limpa, que troca rapidamente. Com tudo isto, passa o primeiro constrangimento, e os dois começam a conversar.

Lewandowski está muito nervoso, com um ar extremamente infeliz; a todo instante arregala os olhos redondos para nós.

A hora é propícia, o médico já passou visita; quando muito, uma Irmã poderia vir até a enfermaria. Por isso, um de nós vai até o corredor, fazer um breve reconhecimento. Volta e diz, com um sinal da cabeça:

– Não se vê ninguém. Vamos, Johann, esta é a sua oportunidade.

Os dois conversam em voz baixa na sua língua; a mulher nos olha, com o rosto vermelho, um tanto sem jeito. Sorrimos bem-humorados e fazemos movimentos complacentes, indicando com as mãos que não vemos nenhum mal nisso; o diabo que carregue todos os preconceitos, estes foram feitos para outros tempos; aqui está o marceneiro Johann Lewandowski, na cama, um soldado ferido com um tiro, e aqui está a mulher dele; quem sabe quando irá vê-la novamente; ele a deseja e deverá possuí-la, e isto é tudo.

Dois homens postam-se diante da porta para deter e distrair as Irmãs, caso alguma delas venha até a enfermaria. Combinam que vão ficar de sentinela durante cerca de quinze minutos.

Lewandowski só pode deitar-se de lado; por isso, colocamos mais alguns travesseiros sob suas costas; Albert pega a criança e voltamo-nos; a mantilha preta desaparece sob o lençol; começamos a jogar cartas, falando muito alto sobre os assuntos mais diversos.

Tudo vai bem. Tenho umas cartas fabulosas na mão! Com isso, quase esquecemos Lewandowski. Depois de algum tempo, a criança começa a choramingar, embora Albert a embale desesperadamente. Então, ouve-se um ranger e um farfalhar, e, quando casualmente levantamos os olhos, vemos que a criança já está no colo da mãe com a mamadeira na boca. O negócio deu certo.

Sentimo-nos agora como uma grande família, a mulher está calma e Lewandowski deitado, suando e radiante.

Ela esvazia a bolsa bordada: aparecem umas boas linguiças; Lewandowski pega a faca, como se fosse um buquê de flores, e corta a carne em pedaços. Com um gesto magnânimo, aponta para nós... e a pequena mulher vai de um para o outro, sorrindo e distribuindo a linguiça; agora, parece quase bonita.

Nós a chamamos de "mamãe". Ela fica feliz e ajeita nossos travesseiros.

Algumas semanas depois, tenho de ir todas as manhãs ao Instituto Zander, para reabilitação. Amarram minha perna solidamente e movimentam-na. O braço está curado há muito tempo.

Chegam novos transportes da linha de frente. As ataduras não são mais de pano, mas de papel crepom branco. Há falta de gaze para as ataduras.

O coto de Albert continua a cicatrizar. A ferida está quase fechada. Daqui a algumas semanas, deverá ir para o Instituto, onde receberá uma prótese. Ainda fala pouco e está muito mais sério do que antes. Muitas vezes, interrompe de repente a conversa, com o olhar fixo no vazio. Se não estivesse conosco, ter-se-ia suicidado há muito tempo. Mas agora o pior já passou. Às vezes, já nos acompanha com os olhos quando jogamos cartas.

Recebo uma licença de convalescente.

Minha mãe não quer me deixar partir mais. Está tão fraca. Tudo é muito pior do que da outra vez.

Depois, sou chamado pelo regimento e recebo ordens de retornar para o front.

Foi muito doloroso despedir-me do meu amigo Kropp, mas, com o tempo, a gente se habitua a isto na tropa.

Não contamos mais as semanas. Era inverno quando cheguei, e, quando explodiam as granadas, os montes de terra congelada eram quase tão perigosos quanto os estilhaços. Agora, as árvores estão novamente verdes. Nossa vida alterna-se entre a linha de frente e as barracas. Em parte, já estamos acostumados, a guerra é uma maneira de morrer, como o câncer e a tuberculose, como a gripe e a disenteria. Só que os casos de morte são muito mais numerosos, variados e terríveis.

Nossos pensamentos são como o barro, modelados pela mudança dos dias: são bons, quando temos descanso, e fúnebres, quando estamos sob o fogo. Fora e dentro de nós, há campos cheios de crateras.

Todos são assim, não apenas nós; o passado não existe, e, para dizer a verdade, a gente não se lembra dele. Parece que se apagaram as diferenças que a cultura e a educação criaram, e quase não as reconhecemos mais. Dão, às vezes, vantagens para tirar partido de uma situação, mas também têm seu aspecto negativo, porque suscitam problemas que precisam ser superados. É como se, antigamente, tivéssemos sido moedas de países diversos; derreteram-nas, e, agora, todas têm o mesmo cunho. Se se quiserem reconhecer as diferenças, então é preciso examinar cuidadosamente o metal. Somos soldados, e só depois, e de uma maneira estranha, quase envergonhada, é que somos indivíduos.

Há entre nós uma grande fraternidade, algo do companheirismo das canções do povo, um pouco do sentimento de solidariedade dos prisioneiros e da desesperada lealdade que existe entre os condenados à morte – tudo isto nos coloca num plano de vida que, em meio ao perigo, nos permite superar a angústia e o medo de morrer. Faz com que procuremos gozar com sofreguidão as horas de vida que ainda nos restam, de um modo que nada tem de patético. Se quiséssemos atribuir-lhe um valor, numa classificação, teríamos de dizer que é ao mesmo tempo heroico e banal, mas quem perde tempo com isto?

É por este motivo, por exemplo, que Tjaden, quando se anuncia um ataque inimigo, toma a sua sopa de ervilha com toucinho, com uma pressa incrível, até a última colherada, porque não sabe se ainda estará vivo daqui a uma hora.

Temos discutido demoradamente se ele tem razão: Kat o critica, alegando que é preciso contar com a eventualidade de um tiro na barriga, o que é muito mais perigoso com o estômago cheio.

Estes são os nossos problemas: para nós, têm grande importância, como não poderia deixar de ser. A vida, aqui nas fronteiras da morte, assume um aspecto de grande simplicidade, limita-se ao essencial, ao que é estritamente necessário; todo o resto é envolvido por um sono profundo.

É qualquer coisa de primitivo e é nossa salvação. Se houvesse maiores diferenças entre nós, estaríamos loucos ou mortos, ou então já teríamos desertado há muito tempo. É como uma expedição ao polo: toda manifestação de vida deve servir, apenas, como sustentáculo da existência, deve ser orientada exclusivamente neste sentido.

Tudo mais é proibido, porque desperdiça forças inutilmente. É a única maneira de nos salvarmos. Muitas vezes, vejo-me diante de mim mesmo como diante de um estranho, quando encontro o reflexo enigmático do passado, nas horas tranquilas, como um espelho embaçado, que revela o perfil de minha vida atual. Então, admiro-me de como esta atividade inexplicável, que se chama Vida, adaptou-se mesmo a tais formas. A vida é simplesmente uma constante vigília contra as ameaças da morte; fez de nós animais, para dar-nos a arma terrível que é o instinto; embotou nossa sensibilidade, para que não nos aniquilássemos diante do horror que se apoderaria de nós, se tivéssemos o pensamento claro e consciente. Despertou em nós o sentimento de companheirismo, para que pudéssemos escapar ao espectro da solidão; emprestou-nos a indiferença dos selvagens, a fim de que, apesar de tudo, sentíssemos de cada momento o positivo e o armazenássemos contra o ataque do Nada.

Assim, vivemos uma existência fechada e dura, da maior superficialidade, e só às vezes um acontecimento consegue produzir uma centelha. Mas, então, inesperadamente, irrompe a chama dolorosa e terrível da ansiedade.

Estes são os instantes perigosos, porque nos mostram que a adaptação é, enfim, apenas superficial, que não é a verdadeira calma, mas a enorme tensão capaz de produzi-la. Nós nos distinguimos dos aborígines apenas pelos aspectos exteriores da vida. Mas, enquanto eles podem permanecer para sempre assim, porque este é o seu estado natural e o máximo que podem fazer é continuar a desenvolver-se pelo exercício de suas forças espirituais, conosco dá-se o contrário: nossas forças interiores não tendem para o desenvolvimento, mas para a regressão. O primitivismo que neles é normal e evolui naturalmente, nós só obtemos à custa de grandes esforços e de artifícios.

E, à noite, assustados, ao despertar de um sonho, subjugados pelo encantamento de visões que nos cercam, compreendemos como são frágeis o apoio e o limite que nos separam das trevas: somos pequenas chamas, malprotegidas por paredes fracas contra a tempestade do desmoronamento e da insensatez em que vacilamos e, às vezes, quase nos extinguimos. Então, o rugido abafado da luta torna-se um anel que nos aperta; enovelamo-nos e penetramos a noite com os olhos arregalados. Nosso único alento é ouvir a respiração tranquila dos companheiros adormecidos; assim, esperamos o nascer do dia.

Cada dia e cada hora, cada granada e cada morte corroem um pouco mais este frágil apoio, e os anos desgastam-no rapidamente. Observo como ele já começa a desmoronar a minha volta.
É o caso de Detering.
Era um dos que se fechavam muito dentro de si. Sua desgraça foi ter descoberto uma cerejeira num jardim. Acabávamos de voltar da frente quando, numa curva do caminho, perto do novo alojamento, surgiu, maravilhosamente, na luz do amanhecer, uma cerejeira. Não tinha folhas, mas era uma única massa de pétalas.

À noite, ninguém viu Detering. Por fim, apareceu com uns galhos de cerejeira em flor. Zombamos dele, perguntando se ia a algum casamento. Não respondeu e deitou-se. À noite, ouvi como se movimentava, parecia estar fazendo malas. Pressentindo algo de estranho, fui falar com ele. Procurava disfarçar, como se nada houvesse, e eu lhe disse:

– Deixe de besteira, Detering.

– Não é nada... é só que não consigo dormir.

– Por que apanhou os ramos de cerejeira?

– Mas será que é proibido apanhar ramos de cerejeira? – indaga obstinadamente e, depois de um intervalo... – Lá em casa, tenho um grande pomar com cerejeiras. Quando florescem, vistas do palheiro, dão a impressão de um grande lençol todo branco. Agora é a época...

– Talvez haja uma licença em breve. Talvez, sendo agricultor, deixem-no voltar para casa.

Concorda com a cabeça, mas seu pensamento está muito longe daqui. Quando estes camponeses ficam agitados por um sentimento profundo, sua expressão torna-se estranha: é um misto de ar bovino e de um deus nostálgico, ao mesmo tempo tolo e comovente.

Para distraí-lo de seus pensamentos, peço-lhe um pedaço de pão. Não hesita em dá-lo a mim, sem a menor restrição, o que é um mau indício, pois é conhecido por sua avareza. Por isso, fico acordado, atento. Nada acontece, e, na manhã seguinte, Detering recobra o aspecto normal.

Provavelmente, notou que eu o observava. No outro dia, contudo, vejo que ele desapareceu. Reparo logo, mas nada digo, para dar-lhe tempo: talvez consiga passar. Muitos já conseguiram chegar até a Holanda.

Mas, durante a chamada, sua ausência é assinalada. Depois de uma semana, ouvimos dizer que fora preso pelos gendarmes, estes desprezíveis policiais do exército. Tomara o rumo da Alemanha... é claro que não teria a menor probabilidade de ser bem-sucedido; todos sabem que essa fuga foi apenas por saudade e desorientação momentânea, mas que entendem disso os juízes do Conselho de Guerra, a mais de cem quilômetros da linha de frente? Nunca mais ouvimos falar de Detering.

Mas os sentimentos perigosos, às vezes, encontram outras formas de explodir, como caldeiras de vapor superaquecidas. Para ilustrá-lo, nada melhor que relembrar o fim que levou Berger.

Já há muito tempo nossas trincheiras estão destruídas, e temos uma frente tão elástica que, a bem dizer, não fazemos mais uma guerra de posições. Depois de ataques e contra-ataques, resta apenas uma linha rompida e uma luta encarniçada de cratera para cratera. A primeira linha foi rompida e, em todo lugar, formam-se grupos, numa rede de buracos, em que a luta continua.

Estamos numa cratera; os ingleses desenvolvem a linha de flanco e conseguem instalar-se na nossa retaguarda. Estamos cercados. Também é difícil rendermo-nos; a neblina e a fumaça pairam, espessas, sobre nós; ninguém poderia adivinhar que queremos nos entregar; aliás, talvez até nem o desejemos – nestes momentos, nunca se sabe ao certo. Ouvimos as explosões das granadas que se aproximam. Nossa metralhadora varre o semicírculo avançado. A água de refrigeração evapora; passamos o reservatório vazio de mão em mão, apressadamente, para que todos urinem; assim, arranjamos líquido e podemos continuar a atirar. Mas, atrás de nós, as detonações aproximam-se cada vez mais. Daqui a alguns minutos, estaremos perdidos.

Então, uma segunda metralhadora abre fogo, a pouquíssima distância. Está na cratera ao nosso lado. Berger apanhou-a e agora, com um contragolpe, vem por trás, nos liberta e nos põe em contato com a segunda linha.

Depois, quando já estamos bem abrigados, um dos encarregados do rancho conta que, a uns cem passos de lá, foi ferido um cão amestrado do exército.

– Onde? – pergunta Berger.

O outro descreve o lugar. Berger sai imediatamente para salvar o cachorro ou dar-lhe o golpe de misericórdia. Há uns seis meses, não se teria preocupado com isto, teria sido mais sensato. Tentamos retê-lo, mas, quando se afasta, limitamo-nos a dizer:

– Está maluco!... – e nós o deixamos partir, pois estes acessos de loucura do front tornam-se perigosos quando não se pode atirar logo o homem ao chão e mantê-lo ali, seguro. E Berger tem um metro e oitenta de altura; é o homem mais forte da Companhia.

Na verdade, deve ter ficado completamente louco, pois terá de atravessar uma barreira de fogo; mas é o relâmpago, sempre à espreita em nosso íntimo, que o atingiu e o transformou num possesso. Alguns deliram, outros fogem... e houve um que tentava sem parar enterrar-se, com as mãos, os pés e a boca.

Claro que há muito fingimento nisto tudo, mas, na verdade, a própria simulação já é um sintoma em si. Berger, que pretende dar um tiro de misericórdia no cachorro, é atingido na bacia, e um dos homens que o socorrem leva um tiro na perna.

Müller está morto. À queima-roupa, deram-lhe um tiro no estômago com um *very light*. Ainda viveu meia hora, perfeitamente lúcido, sofrendo dores atrozes. Antes de morrer, entregou-me sua carteira e me deixou suas botas... as mesmas que herdara de Kemmerich.

Eu as uso, pois calçam bem nos meus pés. Depois de mim, Tjaden irá recebê-las – já está combinado.

Conseguimos enterrar Müller, mas certamente não vai ficar muito tempo em paz. Nossas linhas recuam. Chegaram muitos reforços ingleses e americanos. Têm muito *corned beef* e farinha de trigo branca; muitas armas novas e muitos aviões. Mas nós, pelo contrário, estamos magros e famintos. Nossa comida é tão ruim e adulterada com tantos sucedâneos que ficamos doentes. Os donos de fábricas na Alemanha enriquecem, enquanto a disenteria nos corrói os intestinos. As latrinas estão sempre cheias de gente; deviam mostrar aos que ficaram em casa estes rostos terrosos, amarelos, miseráveis e resignados, estes vultos curvados, a quem a cólica esgota o sangue e que, apesar disto, com os lábios trêmulos e contorcendo-se de dor, ainda conseguem rir com os outros e dizer:

– Nem vale a pena abotoar as calças.

Nossa artilharia está no fim... tem pouca munição... e os canos estão tão gastos que os tiros não são certeiros e atingem nossos próprios soldados. Temos poucos cavalos, nossas tropas compõem-se de rapazes anêmicos, que precisam de cuidados, que não conseguem carregar mochilas, mas que sabem simplesmente morrer aos milhares. Nada conhecem de guerra, apenas avançam e deixam-se derrubar. Um único aviador divertiu-se exterminando duas companhias de recrutas como estes, quando acabavam de sair do trem, antes mesmo de terem ouvido falar em abrigo!

– A Alemanha deve ficar vazia em breve – diz Kat.

Abandonamos a esperança de que haja um fim. Nossos pensamentos nunca se adiantam tanto. Pode-se levar um tiro e morrer, pode-se ser ferido e recolhido ao Hospital Militar mais próximo. Se não nos amputam um membro, caímos mais cedo ou mais tarde nas mãos de um destes cirurgiões que, com a Cruz de Ferro na lapela, nos diz:

– O quê? Só porque esta perna é um pouco mais curta do que a outra? Nas trincheiras você não precisa correr, se for corajoso. Este homem está apto para o serviço. Retire-se!

Kat conta uma dessas histórias que correm a linha de frente inteira, dos Vosges até Flandres. É o caso do médico que durante uma visita lê, em voz alta, os nomes e, quando os homens dão um passo para frente, diz, sem olhar para eles:

– Apto para o serviço. Precisamos de soldados lá na frente!

Um homem de perna de pau apresenta-se, e o médico repete:

– Apto para o serviço!

– E então – Kat ri e eleva a voz – diz o homem para ele: "Já tenho uma perna de pau; mas, se eu for lá para o campo de batalha e alguém me arrancar a cabeça com um tiro, mando fazer uma cabeça de pau para mim e passo a ser oficial-médico!".

Todos nós ficamos profundamente satisfeitos com esta resposta.

Talvez haja bons médicos, e na verdade existem muitos, mas, mesmo assim, entre as centenas de exames a que cada soldado precisa se submeter, mais cedo ou mais tarde acaba caindo na mão de um destes fabricantes de heróis que se esforçam, nas suas listas, por transformar o maior número de incapazes em aptos para a guerra. Há muitas histórias semelhantes; geralmente são muito mais amargas. Mas isto nada tem a ver com os motins nem com atos de indisciplina; são reais e chamam as coisas pelo seu nome, pois existe muita fraude, injustiça e crueldade na tropa. Não é de admirar, apesar de tudo, que regimentos inteiros entrem nesta luta cada vez mais desesperada, que ataquem e tornem a atacar, enquanto as linhas cedem e se esfarelam?

Os tanques, antes objeto de troça, transformaram-se em armas terríveis. Desenvolvem-se em longas filas blindadas e, aos nossos olhos, personificam, mais do que qualquer coisa, o horror da guerra.

Não vemos os canhões que despejam sobre nós o seu fogo; as linhas de ataque da infantaria inimiga são compostas de seres humanos como nós; estes tanques são máquinas; suas esteiras giram sem parar, como a guerra; são portadores da destruição, quando descem insensivelmente para as crateras e sobem novamente sem parar, como uma frota de encouraçados, rugindo, soltando fumaça, indestrutíveis bestas de aço, esmagando mortos e feridos. Encolhemo-nos diante deles, dentro de nossa pele fina; diante de seu colossal poder, nossos braços são canudos, e nossas granadas de mão, palitos de fósforos.

Granadas, gases venenosos, esquadrões de tanques: coisas que esmagam, devoram e matam.

Disenteria, gripe, tifo: são coisas que afogam, queimam e matam.

Trincheiras, hospitais e a vala comum: são as únicas possibilidades.

Num ataque, morre Bertinck, nosso comandante de Companhia. Foi um dos excelentes oficiais do front, que se colocam na primeira linha em qualquer situação de perigo. Estava conosco havia dois anos, sem ter sido ferido; é claro que algo tinha que lhe acontecer.

Estamos sentados num buraco de granada, cercados pelo inimigo. O mau cheiro de óleo ou gasolina chega até nós junto com nuvens de pólvora. Descobrimos dois homens com um lança-chamas: um leva o recipiente nas costas, enquanto o outro segura a mangueira que espalha o fogo. Se chegarem perto de nós, estamos perdidos, porque ainda não podemos recuar.

Abrimos fogo contra eles, mas continuam avançando; estamos numa enrascada. Bertinck, que se encontra conosco na cratera, ao ver que não acertamos, porque, expostos à violência do fogo, precisamos abrigar-nos, pega num fuzil, arrasta-se para fora do buraco e, apoiado nos cotovelos, faz pontaria e dispara; no mesmo instante, é atingido por uma bala. Acertaram. Mesmo assim, fica deitado e continua a fazer pontaria... só uma vez abaixa o fuzil e, logo em seguida, continua, até que finalmente dispara o último tiro. Bertinck deixa cair o fuzil e diz: "Bom" e desliza para dentro. O segundo homem do lança-chamas cai, a mangueira escapa-lhe das mãos, o fogo espalha-se por todos os lados... o homem começa a arder.

Bertinck levou um tiro no peito. Momentos depois um estilhaço esmaga-lhe o queixo. O mesmo estilhaço ainda tem a força de abrir o quadril de Leer. Leer geme e apoia-se nos braços, perde sangue rapidamente; ninguém pode ajudá-lo. Como um saco que se esvazia, dobra-se sobre si próprio depois de alguns minutos. De que lhe serviu ter sido tão bom aluno de matemática na escola?

Passam-se os meses. Este verão de 1918 é o mais sangrento e o mais terrível de todos. Os dias são como anjos vestidos de dourado e azul, impassíveis sobre o campo da morte. Aqui, todos sabem que estamos perdendo a guerra. Não se fala muito nisto: recuamos, não vamos mais poder atacar depois desta grande ofensiva, não temos mais homens, nem munição.

Entretanto, a luta continua... a morte continua...

Verão de 1918... Nunca a vida na sua forma mais mesquinha nos pareceu tão desejável como agora... As papoulas vermelhas nos campos que rodeiam nosso acampamento; os escaravelhos brilhantes na grama; as noites mornas nos quartos frescos e cheios de penumbra; as árvores negras e misteriosas do crespúsculo, as estrelas e a água corrente, os sonhos e longos sonos... oh, vida, vida, vida!...

Verão de 1918... Nunca se sofreram em silêncio tantas dores como no instante da partida para o front. Os boatos falsos e perturbadores de um armistício e de paz brotam no ar e sobressaltam os corações, tornando mais difícil do que nunca a volta para a linha de frente!

Verão de 1918... Nunca a vida no campo de batalha foi mais amarga e mais atroz do que durante as horas de bombardeio, quando os rostos lívidos estão enfiados na lama e as mãos se crispam, em um único protesto: Não! Não! Ainda não! Agora não, não no último instante!

Verão de 1918... Vento de esperança que sopra sobre os campos queimados, febre frenética de impaciência e de decepção, pavor absoluto da morte, pergunta incompreensível: por que, por que não se acaba com isto? E por que correm estes boatos anunciando o fim?

Por aqui há tantos aviadores, e estão tão seguros de si que caçam soldados como se fossem lebres. Para cada avião alemão há, pelo menos, cinco ingleses e americanos. Para cada soldado alemão faminto e cansado há cinco outros adversários fortes e bem dispostos. Para cada pão alemão há cinquenta latas de carne em conserva lá do outro lado. Não somos vencidos, pois, como soldados, somos melhores e mais experientes; somos, simplesmente, esmagados e repelidos pela enorme superioridade de forças.

Passamos por algumas semanas de chuva: céu pardacento, terra encharcada, pardacenta, morte pardacenta. Quando partimos nos caminhões para a frente, a umidade logo penetra em nossos casacos e fardas, e ficamos assim encharcados durante todo o tempo em que estamos nas trincheiras. Não conseguimos nos secar. Os que ainda têm botas envolvem-nas em sacos de areia, para que a lama não penetre tão depressa. Os fuzis ficam cobertos de crostas de lama endurecida, os uniformes também, tudo é fluido, tudo se dissolve e se desagrega: a terra é uma massa que pinga, úmida e oleosa, formando poças amarelas nas quais se desenham espirais vermelhas de sangue, em que os mortos, os feridos e os sobreviventes afundam-se pouco a pouco.

A tempestade fustiga-nos; a saraivada de estilhaços arranca os gritos infantis dos que são atingidos, e, nas noites, a vida dilacerada geme penosamente até silenciar. Nossas mãos são terra, nossos corpos, lodo, e nossos olhos, poças de lama; já não sabemos mais se ainda estamos vivos.

Depois o calor precipita-se como uma medusa úmida e viscosa pelas nossas trincheiras, e é num desses dias de fim de verão que Kat é derrubado, ao sair para buscar comida. Estamos sós os dois. Enfaixo sua ferida; parece ser uma fratura de tíbia. A bala atingiu o osso da perna, e Kat geme, desesperado.

– Logo agora, justamente agora, no fim...

Consolo-o:

– Quem sabe quanto tempo esta porcaria ainda demora! Agora, você está salvo!

A ferida começa a sangrar muito. Kat não pode ficar só, enquanto vou providenciar uma maca. Além disso, nem sei onde há macas nas imediações.

Kat não é muito pesado, por isso, pego-o nas minhas costas e vou com ele procurar o Posto de Primeiros Socorros.

Paramos duas vezes para descansar. Ele sente dores violentas por causa do transporte. Não falamos muito. Abro o colarinho da túnica e respiro com força, estou suando e sinto o rosto inchado pelo esforço de carregá-lo. No entanto, insisto em continuar, pois o terreno é perigoso.

– Vamos embora, Kat.
– Não há outro jeito, Paul?
– Não.
– Então, vamos!

Levanto-o, ele se apoia na perna sadia e encosta-se numa árvore. Pego cuidadosamente na perna ferida, ele dá um salto, e eu prendo com meu braço a perna ilesa.

Nosso caminho fica mais penoso. Às vezes, ouvimos o assobio de uma granada. Ando tão depressa quanto possível, pois o sangue da ferida de Kat pinga no chão. Mal nos protegemos das granadas, pois, antes de conseguirmos achar cobertura, já passaram. Para descansar, deitamo-nos numa pequena cratera. Dou a Kat um pouco de chá do meu cantil. Fumamos um cigarro.

– É, Kat – digo, melancólico –, agora vamos mesmo nos separar.

Ele se cala e me olha.

– Lembra-se, Kat, de como "requisitamos" o ganso? Lembra-se de como você me salvou da morte, quando eu ainda era um recruta e fui ferido pela primeira vez? Naquela época, eu ainda chorava. Kat, já faz quase três anos!

Faz um sinal afirmativo com a cabeça.

Começo a sentir medo da solidão. Se levarem Kat, vou ficar aqui sozinho, sem um amigo.

– Kat, temos de nos rever, de qualquer maneira, se a paz vier antes de você voltar.

– Você acredita que com a perna neste estado ficarei em condições de voltar à frente? – pergunta, amargurado.

– Vai ficar bom, com o repouso. A articulação está em ordem. Talvez tudo corra bem.

– ...mais um cigarro – diz ele.

– Quem sabe... talvez possamos trabalhar juntos depois, Kat...

Sinto-me tão triste; é impossível que Kat... o meu amigo Kat, dos ombros caídos e bigode fino, o Kat que conheço melhor do que ninguém, o Kat com quem compartilhei esses últimos anos... é impossível que não torne a vê-lo.

– Em todo caso, dê-me o seu endereço de casa, Kat. E aqui está o meu, vou escrevê-lo para você.

Meto o papel no bolso. Como me sinto já abandonado, embora ele ainda esteja aqui sentado a meu lado! Será que devo atirar no meu próprio pé para poder ficar com ele?

Kat engasga de repente e fica verde e amarelo.

– Vamos continuar – balbucia.

Dou um salto e me levanto, ansioso por ajudá-lo. Pego-o nas costas novamente e começo a correr, uma corrida moderada, um pouco lenta, para não sacudir muito a sua perna.

Minha garganta está seca, manchas vermelhas e negras dançam diante de meus olhos, quando eu, continuando a tropeçar em frente, obstinado, alcanço finalmente o Posto de Primeiros Socorros.

Meus joelhos dobram-se, mas ainda tenho força bastante para cair do lado da perna boa de Kat. Depois de alguns minutos, sento-me, lentamente. Minhas pernas e minhas mãos tremem violentamente, mal consigo pegar o cantil para tomar um gole. Os lábios também tremem. Mas sorrio... Kat está em lugar seguro, Kat está salvo.

Depois de algum tempo, distingo o ruído de vozes confusas que penetram nos meus ouvidos.

– Poderia ter se poupado todo este trabalho – diz um enfermeiro.

Olho para ele sem compreender.

Aponta para Kat, e acrescenta:

– Não vê que está morto?!

Não compreendo o que quer dizer.

– Levou um tiro na tíbia – esclareço.

O enfermeiro continua imóvel:

– E mais alguma coisa.

Volto-me. Meus olhos ainda estão turvos, o suor escorre pelas pálpebras. Limpo-o e olho para Kat.

Está estendido, imóvel.

– Desmaiou – digo rapidamente.

O enfermeiro diz, baixinho:

– Eu entendo disto melhor que você. Está morto. Aposto quanto quiser.

Abano a cabeça:

– Não é possível! Há dez minutos, ainda estava conversando com ele. É só um desmaio.

As mãos de Kat estão quentes; pego-o pelos ombros para dar-lhe uma fricção com chá.

Então, sinto meus dedos molhados. Quando os retiro de trás de sua cabeça, vejo que estão sujos de sangue. O enfermeiro pergunta novamente:

– Está vendo?

Kat, sem que eu tivesse notado, foi atingido, no caminho, por um estilhaço na cabeça. É apenas um pequeno buraco. Um minúsculo estilhaço perdido. Mas foi o suficiente. Kat está morto.

Lentamente, eu me levanto.

– Quer levar a caderneta e as coisas dele? – pergunta o cabo.

Concordo, e ele me entrega tudo.

O enfermeiro está perplexo:

– Vocês eram parentes?

– Não, não somos parentes. Não, não somos parentes.

Poderei andar? Ainda tenho pés? Levanto os olhos, olho ao redor e deixo que se movam, descrevendo um círculo, e giro com eles, é um círculo, um grande círculo, e eu estou no meio. Tudo continua como sempre. Só que o soldado Stanislas Katczinsky morreu.

Depois, não sei de mais nada.

10

Estamos no outono. Dos veteranos, já não há muitos. Sou o último dos sete colegas de turma que vieram para cá.

Todos falam de paz e armistício. Todos esperam. Se for outra decepção, eles vão se desmoronar, as esperanças são muito fortes; é impossível destruí-las sem uma reação brutal. Se não houver paz, então haverá revolução.

Tenho catorze dias de licença, porque engoli um pouco de gás. Num pequeno jardim, fico sentado o dia inteiro ao sol. O armistício virá em breve, até eu já acredito agora. Então iremos para casa.

Neste ponto, meus pensamentos param e não vão mais adiante. O que me atrai e me arrasta são os sentimentos. É a ânsia de viver, é a nostalgia da terra natal, é o sangue, é a embriaguez da salvação. Mas não são objetivos.

Se tivéssemos voltado em 1916, do nosso sofrimento e da força de nossa experiência, poderíamos ter desencadeado uma tempestade. Mas, se voltarmos agora, estaremos cansados, quebrados, deprimidos, vazios, sem raízes e sem esperança. Não conseguiremos mais achar o caminho.

E as pessoas não nos compreenderão, pois, antes da nossa, cresceu uma geração que, sem dúvida, passou esses anos aqui junto a nós, mas que já tinha um lar e uma profissão, e que agora voltará para suas antigas colocações e esquecerá a guerra... e, depois de nós, crescerá uma geração, semelhante à que fomos em outros tempos, que nos será estranha e nos deixará de lado. Seremos inúteis até para nós mesmos. Envelheceremos, alguns se adaptarão, outros simplesmente se resignarão e a maioria ficará desorientada; os anos passarão e, por fim, pereceremos todos.

Mas talvez tudo que penso seja apenas melancolia e desalento, que desaparecerão quando estiver de novo sob os choupos e ouvir novamente o murmúrio das suas folhas. É impossível que já não existam a doçura que fazia nosso sangue agitar-se, a incerteza, o futuro com suas mil faces, a melodia dos sonhos e dos livros, os sussurros e os pressentimentos das mulheres, tudo isto não pode ter desaparecido nos bombardeios, no desespero e nos bordéis. Aqui, as árvores brilham, alegres e douradas, os frutos das sorveiras têm matizes avermelhados por entre a folhagem; as estradas correm brancas para o horizonte, os boatos de paz fazem as cantinas zumbirem como colmeias.

Levanto-me.

Estou muito tranquilo. Que venham os meses e os anos, não conseguirão tirar mais nada de mim, não podem me tirar mais nada. Estou tão só e sem esperança, que posso enfrentá-los sem medo. A vida, que me arrastou por todos esses anos, eu ainda a tenho nas mãos e nos olhos. Se a venci, não sei. Mas enquanto existir dentro de mim – queira ou não esta força que em mim reside e que se chama "Eu" – ela procurará seu próprio caminho.

Tombou morto em outubro de 1918, num dia tão tranquilo em toda a linha de frente, que o comunicado limitou-se a uma frase: "Nada de novo no front".

Caiu de bruços e ficou estendido, como se estivesse dormindo. Quando alguém o virou, viu-se que ele não devia ter sofrido muito. Tinha no rosto uma expressão tão serena, que quase parecia estar satisfeito de ter terminado assim.

Sobre o autor

Erich Maria Remarque nasceu Erich Maria Kramer a 22 de junho de 1898, em Osnabrück, Alemanha. Realizou os estudos básicos na sua cidade natal e frequentou a Universidade de Münster. Parou de estudar aos dezoito anos para juntar-se ao exército alemão na Primeira Guerra Mundial. Nas trincheiras, foi ferido três vezes, uma delas gravemente. Após o conflito, lutando para sobreviver em um país completamente corroído pela guerra, exerceu diversas profissões: foi pedreiro, organista, motorista e agente de negócios, até estabilizar-se, mais ou menos, no jornalismo, exercendo funções de crítico teatral e repórter esportivo, entre outras, em alguns jornais de Hannover e Berlim.

Mas, mesmo com uma vida mais estabilizada, não esqueceu o pesadelo da guerra. Suas noites de insônia eram preenchidas por infindáveis cadernos, onde anotava os horrores que viveu. Logo descobriu naquelas folhas manuscritas o núcleo de um livro – um romance sobre o absurdo da guerra. A editora Ullstein insistiu no lançamento da narrativa, mas o máximo que conseguiu foi sua publicação em folhetins no jornal *Vossiche Zeitung*, em 1928. O sucesso de *Nada de novo no front* (*Im Westen nichts Neues*) garantiu a edição do texto em formato de livro em 1929. A obra tornou-se um êxito sem precedentes na literatura alemã moderna e deixou o público e as autoridades alemãs totalmente perplexos. Objeto de críticas, polêmicas e discussões, o romance de Remarque mostrou – a um público que ainda considerava a guerra como uma fatalidade histórica cercada por um halo de romantismo heroico – a verdadeira face dos soldados que nela se envolveram. Não eram guerreiros, como os que apareciam nos filmes de propaganda, mas homens maltrapilhos, neuróticos e assustados. Outras obras de ficção que testemunhavam batalhas da Primeira Guerra Mundial já haviam sido lançadas, mas nenhuma parecera aos soldados tão autêntica e reveladora da verdade.

Nada de novo no front ganhou o mundo e foi levado à tela em 1930, por Lewis Milestone. A película alcançou sucesso mundial e status de filme *cult*. Livro e filme provocaram a ira dos nacionalistas alemães. Com o recrudescimento dos sentimentos nazistas, a perseguição a Erich Maria Remarque aumentou, pelo seu pacifismo manifesto nas suas obras (em 1931, publicou também *O caminho de volta*, que retratava as frustrações dos que regressavam das frentes de luta). Um ainda ascendente Joseph Goebbels e seus homens teriam interrompido sessões do filme, espalhando ratos brancos nas salas de projeção. Em 1933, com a ascensão de Hitler ao poder, o filme foi proibido. Remarque exilou-se primeiro na Suíça e, a partir de 1939, nos Estados Unidos. No dia 10 de maio de 1933, seus livros foram queimados na fogueira na praça da Ópera, em Berlim. Em 1938, as autoridades alemãs retiraram sua cidadania alemã, por ter "arrastado na lama" os soldados da grande guerra e apresentado uma visão "antigermânica" dos acontecimentos da guerra. O escritor só ficou sabendo das hostilidades depois, na segurança do exílio nos Estados Unidos, mas sua irmã, Elfriede, uma simples costureira que ainda vivia no país natal, confiara a uma cliente que poderia muito bem dar um tiro na cabeça de Hitler. Foi denunciada, condenada à morte em 1943 e decapitada.

Em 1947, Remarque naturalizou-se norte-americano. Nos seus anos de Hollywood, recheou as manchetes com seus casos amorosos com as atrizes Marlene Dietrich e Greta Garbo. Em 1948, partiu para a Suíça, na companhia da também atriz Paulette Goddard, divorciada de Charlie Chaplin.

Remarque, que junto a Goethe é o escritor de língua alemã mais lido no mundo, faleceu aos 72 anos de idade, no dia 25 de setembro de 1970, em Locarno, na Suíça. Não perdoou a Alemanha do pós-guerra pelo tratamento brando para com as autoridades nazistas. Constatou com amargura, por ocasião de uma visita ao seu país natal, em 1966: "Pelo que sei, nenhum assassino do

Terceiro Reich perdeu a sua cidadania alemã". Deixou também outros livros de sucesso sobre o absurdo da guerra (*Três camaradas*, de 1937, *Náufragos*, de 1941, *Arco do triunfo*, de 1946, e *O obelisco preto*, 1956), além de um romance póstumo, *Sombras do paraíso*, publicado em 1971.

L&PMCLÁSSICOS**MODERNOS**

Antologia poética – Anna Akhmátova
Dublinenses – James Joyce
Ao farol – Virginia Woolf
O futuro de uma ilusão seguido de *O mal-estar na cultura* – Sigmund Freud
Misto-quente – Charles Bukowski
Nada de novo no front – Erich Maria Remarque
Os subterrâneos – Jack Kerouac

lepmeditores
www.lpm.com.br
o site que conta tudo

IMPRESSÃO:

PALLOTTI
GRÁFICA

Santa Maria - RS | Fone: (55) 3220.4500
www.graficapallotti.com.br